原乡情深

起林　文婷　思哲　著

中国文联出版社

图书在版编目（CIP）数据

原乡情深 / 起林，文婷，思哲著 . -- 北京 ：中国
文联出版社，2023.11
ISBN 978-7-5190-5313-0

Ⅰ．①原… Ⅱ．①起… ②文… ③思… Ⅲ．①长篇小
说－中国－当代 Ⅳ．① I247.5

中国国家版本馆 CIP 数据核字（2023）第 174703 号

著　　者　起林　文婷　思哲
责任编辑　蒋爱民
责任校对　秀点校对
装帧设计　谭锴

出版发行　中国文联出版社有限公司
社　　址　北京市朝阳区农展馆南里 10 号　　　邮编　100125
电　　话　010-85923025（发行部）　 010-85923066（编辑部）
经　　销　全国新华书店等
印　　刷　天津和萱印刷有限公司

开　　本　710 毫米 ×1000 毫米　　1/16
印　　张　10
字　　数　250 千字
版　　次　2023 年 11 月第 1 版第 1 次印刷
定　　价　28.00 元

目 录

引　子

港龙航空香港飞往武汉的航班，平稳地降落在武汉南湖机场的停机坪上。一位身着西服、白发苍苍的老人，走下飞机，缓步前行，走到机场的出口时，轻轻地吁了口气，喃喃自语道："终于回来了。"

汉青老人穿过熙熙攘攘的人群，接机的人很多，他看到了一个熟悉而又有些陌生的身影，健侬夫妇来接他了。健侬小时候，曾在姨父家生活了八年，多少还是有些印象的。而侄女婿茂森根本没见过面。他手上拿着个大纸牌，写着"欢迎骆汉青先生"。这时健侬突然发现了老人，和茂森说："那位老人很像啊！"他们急忙走了上去，问："您是骆汉青先生吗？"老人答："是。"健侬立即喊了声："姨父，我是健侬呀！"老人笑道："我老远看见，就觉得像你这丫头了。"

茂森拦了辆的士，帮着把老人的行李箱放进车里。健侬陪同姨父坐在后排，茂森坐在司机旁边的位置上，经过东大门、小东门、民主路，老人默默地看着、沉思着，直到车子停下。到家了。

这天是 1989 年 9 月 29 日，终于回到大陆故里，是一个非常有纪念意义的日子。

老人走下车，见到了在门口等候的妻子希云。相拥而泣。40 年的离别，隔海相望，苦苦相思，多少难忘的往事……

第一章　不幸的童年

20 世纪初，在距上游汉口 400 里、下游九江 80 里处，有一个水陆交通较为便利的长江北岸小镇武穴。这个小小的商业小镇，不仅有正街，还有几条小街和小巷，尽显繁华。小镇南面临着滚滚东流的长江，东经龙坪，向外与黄梅县邻接，西经田家镇，和蕲春县相连。该县的蕲州，是明朝药圣李时珍的故乡。艾灸的蕲艾，是非常有名的。田家镇对岸半壁山，长江的锁钥，历来都是军事要塞。往北70里左右为县治所在地梅川。水路靠轮船和帆船。镇里是石板路，镇外全是泥土路，下起雨来便道路泥泞。当时，没有铁路，甚至没有公路，人们也从来没有见到过汽车。镇上临江处，有一条小街，有一些店铺，略显热闹。江边有个小客轮码头，停靠"汉九"（汉口—九江）班客轮。还有个大客轮码头武穴港，规模较大。长江上百舸争流，船是那个年代最重要的运输工具。

镇子附近有座仙姑山，山中有仙姑洞，门上匾额书写"仙姑洞"三字，两旁的楹联是吕跃所题：

洞中仙子自来去
岭上浮云无古今

洞中供奉着三仙姑神像，神像两侧的楹联是：

晨钟暮鼓惊醒世间名利客
经声道号唤回苦海迷路人

小镇商业发达，店铺林立。

魏兴国麻行，经营苎麻生意。这行业是非常辛苦的，当时家庭生活很是艰难，麻行创始人佳勋老先生，育有四儿一女。为了生存，老先生带着长子背着一杆秤，走遍了广济几乎所有生产苎麻的农村，风餐露宿，劳碌奔波。经过几年的打拼，生意也渐渐兴旺了起来，甚至还远销到了日本。按当地人说，大约在20世纪80年代，有位日本商人来武穴，还向人打听过魏兴国的后代。足见当时的经营规模，在当地可谓首屈一指。魏家的银票能在银行，直接兑换现金。

干复昌布铺，创始者也是历经艰辛，从一个小布摊做起，经过多年拼搏，最后成为远近闻名的铺子。当时当地很多人穿的衣服，都出自干复昌布铺。

此外还有民生银行、庆和银楼、黄万顺酱铺，各类食品店等。在"大坝上"（街名）小街，近正街的岔路口，有一家"吕恒盛"豆制品小作坊，青砖瓦屋，店门宽约 4.5 米，两扇大门，左右各几块门板，进门两侧放置货架，上面呈列着豆腐和五香豆干。向后就是木质隔板，它的前方是黑色杉木条台，隔板上贴着天地君亲师位，右侧供奉着财神。跨过隔板的小门，经过道，就可到达后面的生产作坊。过道的右侧就是夫妇卧室和女儿慕云的房间，一大一小房间都是杉木板做的。

作坊的男主人叫吕壁寿，为人忠厚老实，待人和气，手艺小镇一流，人们都称吕师傅。他中等身材，平头乌发，粗布外衣，脚上穿着一双妻子做的黑色"咔叽"布鞋，从不吸烟饮酒。妻子何香莲，个子矮一点，只到丈夫的耳朵处，满头乌发，梳到脑后，用长卡子卡好，眉清目秀，说话不紧不慢，文雅而又从容，当地人都称她吕嫂。

"香莲，要开始准备黄豆了。"勤劳的男主人根据豆制品作坊工序运作，语态温和。

"嗯，黄豆的产地是哪儿？"

"湖北天门。"

"品质怎样？"

"天门大豆，颗粒整齐饱满，无杂质，无虫眼，无发霉变质，品质上乘，做出来的豆制品豆香扑鼻，你看看，真是不错啊！"男主人认真而又有条理地说。

"那真是太好了。"女主人信心十足，高兴满意。

夫妻俩将大豆放入一个大桶里，进行泡料，按着工序十分讲究，水没过豆子 150 毫米，浸泡时间得根据豆子的质量、含水量、温度和季节来调整，一般夏季约 8 小时，冬季得 14—16 小时，使大豆吸足水分。夏季豆子泡九成开，搓开豆瓣中间稍有凹芯，冬季就得泡十成开了，搓开豆瓣呈乳白色，中心浅黄色就好了。

确认豆子泡好后，夫妻俩开始磨料。香莲将泡好的豆子和少量的水，一瓢一瓢倒入石磨的孔里，壁寿则不断地推动石磨，白白的浆液慢慢地流淌出来。只有石磨发出"咯咯"声。

过滤用的是古老的方法，用吊袋，将磨好的浆液倒入吊袋中，旋转摇动吊袋，豆浆慢慢流入容器里，经过三次过滤即可。

煮浆用大口锅，拉风箱。开后浆液经三起三落，清除浮沫。

点浆是用湖北应城石膏粉调成的溶液，使之凝结絮状，静置20分钟左右出脑。

最后上板压制，出水成型，切成小块，做成豆腐、五香豆干、豆腐脑、豆浆等售卖，物美价廉，深受乡亲们喜爱。

斗转星移，快近年关了，小镇的习俗是农历腊月二十四，打扫扬尘。把屋子弄得干干净净，当晚在厨房的灶台上，放置小香炉，中间插三根香，两侧各点一根蜡烛，些后双手作揖，供奉灶神。乡亲们一道庆新年。二十五，打年酒。供家人相互敬贺，新年里招待来访的亲友。二十六，买年肉。二十七，挂灯挂壁。把节日的灯笼挂好，年画贴好。二十八，杀鸡杀鸭。二十九，家家有。万事俱备，只欠东风。三十，就是全家团年的日子。在"吕恒盛"招牌下方的两扇大门上，贴着新春对联，左联是"生意兴隆通四海"，右联是"财源茂盛达三江"。横批"和气生财"。在左右两侧门板上，贴着年画门神。门神扛大刀，大鬼小鬼进不来。武穴这个小镇，传统习俗留存，春节期间，都是关门闭户的。农历三十，全家团聚，吃年饭，守除夕夜，灯火通明。长辈、父母都要给孩子压岁钱。大年初一，照例孩子给父母、长辈磕头跪拜。吕壁寿一家三口，其乐融融。团年饭，很丰盛，六菜一汤，意味着六六大顺，一团和气，和气生财，家和万事兴。粉蒸肉、红烧鳜鱼、炒腰花、鱼香肉丝、红菜苔炒腊肉、西红柿炒鸡蛋和排骨豆果酸菜汤。

大年初一，吕师傅牵着女儿慕云，到镇上亲友家拜年，以示尊敬之意。每到 家，先敲门，咚咚，"拜年呀！"待主人开门后，小慕云双手作揖："祝伯父伯母，福寿康宁。"随后长辈就给些礼物：糖果、花生、酥糖等。

小镇过大年，是从正月初一到十五，历时半个月之久，一般地说，拜年都集中在前三天。正月初四，吕师傅带着女儿，走到上庙（地名）前的广场上，观看舞龙、踩莲船、蚌壳精、打连厢，热闹非凡。

正月十五，元宵夜，家家户户，品尝各式各样的元宵，有糖的、桂花的、豆沙的……男孩子手提里面燃着蜡烛的飞机灯笼，女孩子提着小白兔灯笼，孩子们在大街上玩耍，跑来跑去，嬉嬉笑笑，欢欢乐乐。多么美好！多么天真！儿时的回忆，多么难忘。

吕嫂，操劳家务，能绣一手的好手工，聪明贤惠，还和丈夫一道制作豆制品。女儿已经3岁了，她教女儿自己穿、脱衣服，每天拿着小扫帚，把睡觉的房间打扫得干干净净。

她说："小云，我教过你的儿歌，记得吗？你唱给我听听。"女儿说："让我想一想。开始吧：摇呀摇，摇到外婆桥，外婆叫我好宝宝，外婆给我一块小蛋糕。"

"好聪明，我的女儿唱得可真好呀。"吕嫂心怀得意，面态慈祥，和蔼万分。

吕嫂是很能干的，还会烹饪，能做几个地方特色菜肴。例如：沙药①排骨。沙药是小镇附近沙地的沙土中生长的，味道很鲜，吃起来好像撒入了"味精"一样。沙药的鲜味是天然的。这种食材，只产于湖北武穴，其他地方都没有！甚至外地人根本就不知道，它是大自然给予武穴的恩赐。她确信，总有一天会闻名于世。另一种好东西叫山粉圆子，做法是将上等苕粉和水混合，搅拌均匀，加入瘦肉丁、熟花生米，然后用手搓成圆球状，用蒸笼蒸熟。吃的时候，蘸着酱油，味道很是鲜美可口。还有卷煎，它是用豆油皮子，里面包着芹菜、五香干子、瘦肉丁、花生米等，包

---

① 沙药是山药的一种，现在都叫它山药，只是武穴产的，外形像生姜，味道更鲜美。

成三角状，再用油煎熟，皮子面上呈淡黄色，既好看又好吃。闻起来那个香呀！

这些菜肴，极具家乡特色，尤其从外地回乡探亲的人，每每闻到卷煎，莫不垂涎三尺！啊！久别的故乡。

家乡人的一生，都是忙忙碌碌的，豆腐小店更是如此，过年期间，关门闭户。平时也是很忙的。每个月关门停业两天，休息，其他时间都是忙于豆制品生产。生意满满的。

小镇有一座小小的戏院，经常演出京剧或地方采茶戏，如"借东风"《四郎探母》《铡美案》《苏三起解》《三娘教子》《董永卖身葬父》《方卿借银》等。吕师傅夫妇带女儿到戏院看戏。当地戏院曾有一种习俗，演出过程中增加一些桥段，来向观众要更多小费。演出过程中，突然一位穿着古代官服的人，走到戏台前边，鞠躬一拜，大声赞美说："恭贺魏兴国麻行总经理魏佳勋老先生福寿康宁，财源滚滚。"这习俗是一种特殊的要钱形式。此时，必须还之以礼。

当看到《四郎探母》的公主出场时，慕云看到着装服饰，就喜欢看，说是花姑娘。但看到《铡美案》戏中陈世美不认前妻，包公包文正黑脸出现时，心里有些怕，就转身躲在母亲的怀里。

戏看多了，慢慢地爱好上，每每在家里休息，心情特别舒畅时，他们也信口唱上两段。吕师傅喝两口温水，润润嗓子后放声高唱："我在城楼观山景，耳听得城外乱纷纷，旌旗招展空幡影，莫不是司马发来的兵。"休息片刻，接着唱一段《四郎探母》，"杨延辉，坐宫院，自思自叹，想起了，当年事好不惨然。我好比笼中鸟、有翅难展，我好比浅水龙、久困在沙滩……"

吕嫂跟着也兴趣来了，信口唱起《苏三起解》，学着旦角的腔调："苏三离了洪洞县，不觉来到大街前……"此情此景，女儿站在母亲的身边朗朗地笑了。

夫妻俩日子过得很不错，已经有了一个可爱的女儿，两口子琢磨琢磨，再生一个吧！盼望能生个儿子，一儿一女，儿女双全，那该多幸福多美满！

悠悠岁月，梦想真的快要实现了，一天，吕嫂刚吃完午饭不久，感觉头晕体倦，想吐，马上到水池边呕吐了一点，休息一会儿，喝点温水漱漱口，回到自己的房间躺一躺，慢慢地感到身体舒服了一些。吕师傅走到妻子身边，轻言细语地问："香莲，你好些么？多休息些，家务事要少做，我来做呀！"

"嗯，晓得，我会注意的。"

"根据当年怀女儿时的状况，你是不是又怀上了？"吕师傅带着惊喜和关心的表情问。

"很有可能，身体反应和当年的情况太像了，有些日子了，经期没有来，呕吐反应似乎比原来厉害些。"吕嫂的心情和丈夫有同感。

两口子却有几分担心，遂请镇上老中医胡玉斌老先生问诊。

首先向老先生叙述一番，经老中医一番望闻问切和检查，胡老中医说："辨证论治，妊娠期多数情况：一种是脾胃虚弱症，妊娠早期，恶心呕吐不食，甚至食入即吐，口淡，呕吐，头晕体倦，嗳气腹胀，舌淡苔白，脉缓滑无力。另一种是肝胃不和症，妊娠早期恶心，呕吐或苦水，恶闻油腻，烦渴，口干口苦，头涨而晕，胸满胁痛，嗳气叹息，舌淡红，苔微黄，脉弦滑。你的妻子是前者，情况还是不错的。"

胡老对患者非常细心、耐心，那真是"杏林春暖，救世济人"。

吕壁寿问："大夫，需要中医调理吗？"

胡老中医说："不需要！孕妇不到万不得已，是不能服药的，一切为了婴儿的健康。主要是多休息，注意饮食，保证营养，适当地运动，经常晒晒太阳就可以了。"

"太感谢了，我们一定按照胡老的话来做。"吕壁寿随后恭敬地奉上诊断费，弯身鞠躬送走胡老。

豆腐小店生意依然如故，继续经营，太忙时就临时请个小工，妻子怀孕了，吕师傅显得更加忙碌。买米买菜，有时还帮着洗衣服，脸上不时露出开心的笑容。正如人们常说的，当人心情愉悦时，总是难以抑制，吕师傅笑在眉头，喜在心里。

时间过得真快，一转眼十个月过去了，妻子即将临盆，吕师傅先将乡下的老母亲接来。在一个初秋的夜晚，妻子突然发作了。他连忙提着灯笼，到镇上请有经验的接生婆。当时小镇上没有西医，更没有医院。那时候，女性生孩子真是非常危险的事情，顺产还是难产，几乎是听天由命。此时，接生婆看了产妇的情况，很有把握地说："没有问题，不要担心。"叫他们快准备热水，她手中握着很锋利的剪刀，放在沸水中煮20分钟左右。分娩时接生婆抱着婴儿，快速地剪断脐带。热水是用来提高房间的温度，保持温暖状态的，有利于产妇和婴儿的健康。然后把刚出生的婴儿，穿上准备好的小衣服，轻稳地放在产妇身边。母女平安。民间古话："儿奔生，娘奔死，简直像过鬼门关。"母亲的伟大在这一刻充分体现。

人世间的事，总是变化万千，期望和现实，总有相符与相悖，虽然这次出生的又是闺女，但夫妇俩仍然如获至宝，疼爱有加，他们将上天送来的可爱小女儿唤作吕希云。父母、妻子、儿女，都是今生的缘分。人世间最珍贵的是亲情。"只有今生，没有来世。"好好珍惜吧！

月子里，老母鸡汤、鲫鱼黄花菜汤、大骨猪脚……吕师傅每天变着花样来保证她的营养。妻子的身体逐渐复原，奶水充足，婴儿也一天天长大，露出可爱的笑容。

吕师傅正在忙碌的时候，突然觉得眩晕头痛，休息一阵子觉得好一点。可是如果再累一点，症状又重复出现，他在床上躺了两三天。吕嫂有些着急，这时听见街上传来二胡的琴声，由远及近，连忙出门，请算命先生来家中算命。她报出丈夫的生辰，算命先生掐指一算后说："要消灾，有个孤魂野鬼找到他，你买点钱纸，出门东南方的菜园边，点燃纸钱，送些钱供阴间使用。你丈夫的病就会好的。知道吗？"

"我马上照办。"吕嫂诚恳应允。

但过了几天，吕师傅的病，不见好转。吕嫂牵着大女儿前往镇上的古庙"楼贤寺"，烧香拜佛，祈求大慈大悲救苦救难的观世音菩萨保佑平安，早日康复。

最后，请镇上胡老中医看病。胡老非常认真地观察、询问和切脉后，对吕师傅说："你的病症是肝阳上亢，特征是眩晕头痛，心烦易怒、耳鸣，舌苔红，苔薄，脉弦数，平肝潜阳，佐以清肝。"

开了处方。是：羚羊粉、钩藤、菊花、桑叶、生地、生白芍、川贝母、竹茹、茯神。

抓了将近一个星期的汤药，吕师傅的病情基本好转了，全家人都很高兴。胡老先生的方子真是灵验啊！

豆腐店的生意又像从前那样红红火火了。

用石磨磨黄豆，是劳动强度最大的、非常劳累的活儿。有一天，吕师傅还是像往日一样推磨，吕嫂一瓢一瓢地向磨孔喂料，夜深了，丈夫因过度劳累，眩晕头痛，病倒在石磨旁边，不幸离世。

丈夫走了，生意做不下去，只好将豆腐店关门，并卖掉店铺，另买个住屋生活。孤儿寡母，生活开始艰难起来，吕嫂带着两个女儿，大的4岁多一点，小的才三个月大。

按地方习俗，人过世了，家人必放置灵屋在堂屋的桌面上，它是竹片纸糊的。灵屋上有王母神仙、八仙过海的图案，灵屋正中供奉牌位：慈父吕壁寿之灵位。前方有香炉，摆放祭品，两侧有烛台，摆油灯，长燃不灭。前方地上摆放着蒲团，供跪拜之用。灵屋两边有一副挽联，"日落西山常见面，水流东海不回头"。

吕嫂每天叩拜丈夫，有时叫大女儿慕云来向父亲磕个头。她愿一盏孤灯照到黄泉路上，两行珠泪哭到枉死城中。

已是半年多了，好心的邻居陆嫂来看望吕嫂，问寒问暖，关心备至。

"吕嫂，吕师傅走了一年多了，你一个大人，带着两个女儿太难，我的老邻居黄万顺酱铺主人黄茂达，妻子章云枝，为人忠实，待人亲和，人皆赞誉。黄嫂一共生了六个儿子，非常想要个女儿，看你愿意么？舍得么？"陆嫂同情地试探。

"陆嫂，好是好，但黄家愿意接受这么小的婴儿吗？那太连累人家了。"

"还是可以的，太小了，别人不愿意带。太大了，能认人也不好。要不，我去找黄嫂？"陆嫂想得仔细。

"那太谢谢你了。"

过了几天，陆嫂来了，告知黄家高兴极了，满口答应。

次日，黄嫂随陆嫂一道来府上，领养这个可爱的小闺女。从此，小希云就在黄妈的照料下一天天长大。养父母已有六个儿子，做梦都想有个女儿，黄家上下也待她如掌上明珠，不是亲生，胜似亲生。

黄妈教希云背儿诗："《鹅》背得来吗？试试看。"

小希云记忆力很好，马上背出来："鹅鹅鹅，曲项向天歌，白毛浮绿水，红掌拨清波。"

黄妈高兴地夸奖："我的小希云真能干，真聪明，还有一首诗《春晓》你记得吗？"

"春眠不觉晓，处处闻啼鸟，夜来风雨声，花落知多少。"

小希云立刻背出来。对黄妈说，"本来想多睡一会儿，怎么鸟儿来了，叽叽喳喳地把我吵醒了。"

黄妈和小希云都笑了。黄妈说："要养成早睡早起的好习惯，绝不能睡懒觉呀！"

小希云有时看哥哥们下象棋，她不懂，听哥哥给她讲象棋的基本规则："车行直路马行斜，炮儿隔子打他家，卒子过河横直拱，象行田字士保家。"她慢慢也看出点门道来。

武穴是长江边的一个商业小镇，黄家的哥哥们，有时带着小希云去江堤上。遥望许多在江上的木帆船，来往穿梭行驶，非常好看。小轮船，靠蒸汽动力航行。上海至汉口大客轮，冒着长长的烟，快速行驶江中，乘风破浪，煞是壮观。这些，都在她幼小的心灵中，留下深深的印象。

小希云一天天地长大了，她很感谢养父母对她的关爱，哥哥们的爱护。可叹自己出生才三个多月，就失去亲爱的父亲，母亲带着姐姐慕云一起生活。回想自己的童年是不幸的，老天爷似乎有点残忍，但同时也是幸运的，碰到了爱她的养父母和哥哥们。

第二章　私塾时奇特的相识

小希云已是少年，黄妈妈为孩子着想，决定送她到镇上私塾读点书，将来有点出息。私塾离家不远，经过居仁街门洞就到了。

私塾是小农村原住民的公屋，本来就十来户农家，大家为了小孩子学习文化，便将公屋改作私塾学堂。这个地方附近有个大湖武山湖——盛产鱼类。附近沙地盛产味鲜沙药，稻田纵横，有野鸭和田藕，还有芝麻和苎麻，物产丰富，气候温和，水陆交通都比较便利。江西人在这里做生意的很多，慢慢地，也就有了一座江西会馆。安徽人同样也很会做生意，也盖了一座徽州会馆。使小镇慢慢繁华起来。

黄妈妈早早起来，帮女儿梳洗完毕。早餐是豆浆加米粑或油条。吃完后送女儿到私塾读书。中午放学时接回家吃午饭，休息一会儿再送到私塾。黄昏时分，黄妈接女儿回家。就这样，过了一年，小希云长大了一岁，胆子也大一些，不那么害怕了。

"妈妈，我长大了，你太辛苦了，我不怕了，我自己能去私塾上学，今后不用再接送我了。"希云说。

"云儿真乖，那明儿我就不接送了，不过你要照顾好自己呀。"黄妈妈眼里噙着泪花，暗想云儿懂事了。

私塾坐落在小镇连接处的一农家旁，坐北朝南，有两个宽敞的房间，能摆放 15 张书桌。这里是学生复习和写作业的地方。另一间小屋是余老先生上课的地方。

私塾的学生由于年龄不同，上课都是小课，因为要给不同学生教授不同的知识。屋顶有许多亮瓦，透光很好。屋前面是一个很平的场地。出门右前方有一棵近百年的桑树，余老先生和师母就住在公屋后面的小村旁边。

余老先生是清朝末期的秀才，古典文学造诣很深，精通古代的"九章算法"，这也说明了中国是数学起源很早的国家。余老也精颜、柳、欧、苏书法，还可以画出具有田园风味的山水画，对于民国初期的白话文，也很不错。他受新思想影响很大，思路开阔，和蔼可亲。余老教导有方，对学生管理很严，毕竟严师出高徒。

他身材高大，虽是瘦，但精神矍铄，长脸，两眼炯炯有神，手中常拿一把紫砂小茶壶，不时喝两口，润润嗓子，走起路来很快，挺胸拔背。

私塾有它的规矩，每天早晨学生到校后，要先向先生行个鞠躬礼，以示问好，然后才到自己的书桌处坐下，开始做作业。下午放学时，学生再向老师行鞠躬礼，以示感谢。

余老先生教导学生是因人施教，循序渐进。小希云被老先生叫进小屋学习，跟着先生一句一句地念："一去二三里，烟村四五家，亭台六七座，八九十枝花。"又学三字经，"人之初，性本善，性相近，习相远"。那个时候，没有拼音，完全是跟着念，死记硬背。

老先生一边念一边讲解，先生说："人生来就很善良，没有什么不一样，可是后来由于各种原因，就变得不一样了。"

同时要求学生能用白话文表达清楚。小希云按照先生的要求，一个字一个字地记在脑海里。每学完一课，都要把书背得滚瓜烂熟。

先生对小希云说："中国的书法四大家——颜真卿、柳公权、欧阳修、苏轼，各家流派不同，都有自己的特色。颜字体楷书，方正茂密，笔力深厚，挺拔开阔，雄劲有力。柳字体以瘦劲著称，楷书体势劲媚，骨力道健，尤以行书楷书最为精妙。欧字体特点是方圆兼施，以方为主，点画劲挺，笔力凝聚，既欹侧险峻，又严谨工整。苏字体用墨丰腴，结字扁平，左低右高，笔画恣意，落字错落，率意天真。苏轼善写楷书、行书，早年取法王羲之，后期融入颜真卿、杨凝式等人的风格。女孩适宜学柳字体。"

小希云说："先生教导有方，学生谨记，我就练柳字体吧。"根据余老先生的介绍，养父亲自到荣宝斋买文房四宝。邹紫光阁的写中楷用的羊毫、写小楷用的狼毫、柳体字描红本、竹纸、松烟墨和磨墨的砚台。一切准备就绪，小希云就开始按先生指导来练字了。

《三字经》自南宋以来，已有700多年历史，共1000多字，可谓家喻户晓。每三个字一句的韵文，朗朗上口，极易背诵，内容包含历史、天文、地理、伦理和道德以及民间传说，生动易学而言简意赅。因此，它是儿童最好的启蒙书之一。

余老先生要求严格，每天要在先生那里背诵，背完后还要讲解自己所背内容和自己的理解与看法，达到合格标准后，才会讲新课。每过几天就会抽查学生的作业。

这天，老先生叫小希云去背书和讲解，希云大声背着，很细致地讲解内容和看法。老先生很是满意，表扬了她。

小希云对老先生说："汉朝的朱买臣，砍柴为生，每天还一边担柴一边背书。隋朝李密放牛时，把书挂在牛角上，有空就拿出来看。养父母给了我这么好的条件，我不读好书对不起他们，对不起自己。同时也是为报答我的亲母和死去的亲父，让他们放心，我过得很好，以后会更好。"

老先生连连说道："好孩子，好孩子，学习贵在有恒。"

认识许多字以后，就要开始练字。每天作业都是满满的。先生开始讲解和示范握毛笔的方法。五指执笔法：用右五指按、压、钩、顶、抵，将毛笔握好。大拇指按住笔杆，食指压着，中指钩着，无名指、小指帮上一点劲。

老先生耐心细致地讲解着："先磨墨，注意浓度，练习描红要不浓不淡。"

小希云立刻把砚台倒一点水，握住松烟墨慢慢研磨起来，动作自然，不一会儿就磨完了。

先生说："我来写，你看着，如何起笔、落笔，横、竖、捺、折，你要留心观察，仔细琢磨和模仿。"

小希云全神贯注地看先生的示范，接着描了一页字，先生指出其错误之处。随后再写第二页，这时先生把错误的地方手把手地在描红本上进行指导，这样小希云就能更加深刻地体会其中的技巧了。

经过一段时间的描红练习，先生要求进入下一阶段，独立临摹柳体字帖，以范仲淹的《岳阳楼记》为范本。这更要求专心致志。要求练字时，头要正，身要直，鼻尖对着毛笔杆不能歪斜。写字时要保持绝对中正，每一笔都要到位，笔到心到，聚精会神，持之以恒，就能练好一手让人赏心悦目的好字。同时写字也能锻炼人的心态。

一段时间后，先生要求开始临摹柳公权手书的《玄秘塔碑》，提高小希云对柳体字的感悟，体会大书法家高超的书法精髓。

先生说："人们常说见字如见人，听起来很抽象，仔细品味，确实有道理。字是门楼，书是屋。这是字使用得最多的原因：写个信、写个便条、记个账、签个名，都是要用到字的。"

小希云心中暗想，遇到这样优秀的先生幸运呀！于是暗下决心，不仅练字，还一定要把书读好。

中楷字已练习很有些时日了，先生要求小希云临摹唐朝钟绍京的《灵飞经》小楷。虽为楷书，却有行书的流畅与飘逸之气，变化多端。《灵飞经》以其秀媚舒展、沉着遒劲、风姿不凡的艺术特色为历代书家所钟爱。买来字帖，发现练习小楷比中楷更难。只有驾驭毛笔能力十分高超之人，才能达到这种境界。小希云每天用心练习，坚持不懈。

一个秋高气爽的日子，巳时（上午9点钟左右），天空慢慢变黑，光线越来越暗，渐渐好似黑夜一样，能看见天上的星星，私塾的同学们都很新奇，又有些害怕。附近的栖贤寺的鼓声也"隆隆"地响起来。这是老百姓常说的"天狗吃日"。

鼓声、钟声喧闹，意味着人们同心协力想赶走天狗。经过十来分钟，天又慢慢变亮，接着太阳照耀大地。这样的日蚀，发生次数很少。留下一个疑问：日蚀现象到底是怎么回事？真的是天狗吃日吗？这事一直记在小希云的脑海里。

7月热天的时候，整个小镇那时根本没有电，也没有电扇，更谈不上空调，私塾的学生每人拿一把折纸手扇，扇风取凉。折纸扇小巧，便于携带，蒲扇虽风大，但不好带。有一个同学忘了带，向同桌借用，不料对方戏言："扇子扇清风，时时在手中。有人来借扇，本人也要风。"说完，还是借给同窗，两人相对而笑。

师母还是挺好的，非常照顾关爱学生。师母将大米浸泡四个小时，用一个小石磨，叫男生轮帮着磨成米浆，师母将凉粉草洗干净，放适量水在锅中煮烂，然后用过滤布袋将煮烂的凉粉草过滤，并挤净成母液，再倒入米浆，在大锅中用大火煮沸，待冷却后加入少许白糖就可以食用了。凉粉的功能是去火，达到消暑的目的。

养父、养母发现小希云很聪明，又好学、勤快能干，就对她说："云儿，《增广贤文》写得通俗易懂，讲了许多知识。社会是复杂的，待人接物、认识社会、适应环境，使自己能成为有能力的人，可以自学《增广贤文》。不懂的可以向先生求教！"

"好呀，我会努力自学的，不会有太大困难，有不懂之处，我去请教先生。"从此，利用空闲时候，她晚上挑灯夜读，发现不懂的地方，做个记号，等先生有空，就带着问题求教。

一天，小希云提问："城门失火，殃及池鱼；黄金无假，阿魏无真；良药苦口利于病，忠言逆耳利于行。这三句我不太明白。"

先生回答："你能自学，真是不错。做得好，做得好，我非常欣慰有你这样的好学生。我给你一一解答。城门口着了火，大家都把池中的水取来救火，火是灭了，但池中的水干了，殃及鱼儿无辜地死去。黄金无假，这个金字，原来是印刷的错误，其实应该是'黄芩无假'，黄芩是一味中草药，到处都有生产的，所以在中药店买不到假货，反之，阿魏是一味名贵的中草药，是从伊朗进口的，买到假货是经常发生的……"

经过一段时日，小希云学完《增广贤文》全书，收获不小，也让她大致了解到世上的人生百态和做人、待人的正确态度。有的人嫌贫爱富、趋炎附势，有的人助人为乐、乐善好施。许多人谈命运，认为人世间很多事都是命运的安排。但其实很多事都是自己靠不断拼搏来改变的。

小希云读书最大的特点是学以致用，联系实际提高自己，鼓足信心，使自己成为一个有能力的人。

"羊有跪乳之恩，鸦有反哺之义。"羊羔有跪下接受母乳的感恩举动，小乌鸦有衔食喂母的情意。飞禽走兽尚能报答母亲的恩典，何况人乎？

小希云深知养父母对自己的大恩大德，将来是一定要报的，现在年纪太小，唯一能做的就是尽力多帮黄妈做些力所能及的家务事，听长辈的话，少添麻烦，多让他们高兴。

先生觉得小希云具备了初步知识后，于是准备教授圣贤书，《论语》《孟子》《大学》《中庸》等。

《论语》是一部语录体著作，言简意赅，需全文读之、背之和理解它。全书 20 篇，篇篇都要学好，用好。

余老先生告诫小希云一个相关的故事："有一次，孔子和学生们正在赶路，忽然一个小孩子拦住了他们的去路。原来，这个小孩子正在路上用砖瓦石块垒一座城池呢。孔子叫那个小孩让路，而小孩却说：'这世上只有车绕城而过的，还没有把城池拆了给车让路的。'孔子想，'确实不能把这孩子摆的城池当成玩具。我这样想，可孩子不这样想啊。我倡导礼仪，没想到让孩子给问住了'。孔子十分感慨地对他的学生说：'三人行必有我师！这孩子虽小，却懂礼仪，可以做我的老师了。'"

这些经典，教育了我们一代又一代。孔子博学多才、虚心好学，曾周游列国，却怀才不遇，最终开办杏坛教学，3000 学子，72 贤人，开创儒家学说之先河。后人把孔子讲学的地方叫"杏坛"。典故最早出自庄子的一则寓言。庄子在那则寓言里说，孔子到处聚徒授业，每到一处就在杏林里讲学。休息的时候，就坐在杏坛之上。后来，人们在山东曲阜孔庙大成殿前为之筑坛、建亭、书碑、植杏。北宋时，孔子后代又在曲阜祖庙筑坛，种植杏树，遂以"杏坛"命名。

先生对小希云说："学完第一篇，要明白两点。第一，关于治学，人要有正确的学习方法和态度，不仅要学习，而且还要牢固，提倡在实践中学习。第二，关于做人的原则，孔子讲八德：孝、悌、忠、信、礼、义、廉、耻，是我们的行为规范和做人原则。读书不能空谈，更不能夸夸其谈，不切实际，那对学生没有任何好处。要懂得言行一致的重要性！"

小希云认真地点头称是："谨遵先生教诲。"

其后学《孟子》七篇。孟子认为学习就要做到心无旁骛，"专心致志"，不能"一曝十寒"。孟子认为"民为重，社稷次之，君为轻"。孟子也对施教者提出要求，"大匠诲人必以规矩，学者亦必以规矩"。孟子的要求是人活着要堂堂正正，不能苟且，应该"舍生取义""富贵不能淫，贫贱不能移，威武不能屈"。

后又学习《大学》《中庸》等。让学生明白正其身、正其心，欲治国，先齐家等道理。小希云孜孜不倦地汲取着其中的营养。

五六月间，私塾门前广场旁边那棵老桑树，枝繁叶茂，开花结果，树上挂满一串串泛着紫色油光的桑葚，课余时一些胆大的男生，爬上桑树去采摘，大家分着吃，手染成了紫色，嘴唇也是紫的。赶快洗干净，返回教室，继续做作业。

先生知道学生摘桑葚吃，于是说："大家觉得桑葚很好吃吧，桑树浑身是宝，桑叶喂蚕，蚕吐丝，蚕丝可织成绸缎，做成衣服，夏天穿既美观又凉爽，还可以做成蚕丝被，非常保暖。我们国家的浙江就盛产。我给大家讲个故事。相传公元前205年，刘邦在徐州被项羽打得丢盔卸甲，好不容易冲出包围，带十余骑仓皇逃去，岂料前有高山挡路，后有追兵，走投无路之下，刘邦一行人匆匆躲进一个阴暗的山洞，躲过一劫。却由于惊吓过度，导致长年头痛、头晕的老毛病复发，以致头痛欲裂，随即腰酸腿软，连大便也难以排出。好在当时身处黄桑峪，桑林密布，结满桑葚。刘邦渴饮清泉、饥食桑葚，奇怪的是没几日，头痛头晕不知不觉痊愈，大便也有了。精神清爽。后来皇袍加身，御医顺他的旨意，将桑葚加蜜，熬成膏，有补肾的功能。这就是中医桑葚膏的故事。"

学生们听得津津有味。端午，小镇的人们照例吃粽子、盐蛋，和龙舟竞渡，纪念春秋战国时期楚国诗人屈原。先生告诉大家，屈原是楚国秭归人，少时受过良好的教育，博闻多识，早期受楚怀王信任，任左徒、三闾大夫，兼管内政外交大事，主张对内举贤任能、修明法度，对外联齐抗秦。后遭到保守派的反对、抵毁，楚怀王疏远。他满怀悲愤，写出了《离骚》《天问》等不朽诗篇。当听到楚怀王被秦国俘虏、客死他乡和楚国郢都被攻破的噩耗后，已被流放的屈原万念俱灰，仰天长叹，跳入激流滚滚的汨罗江。当地渔夫和百姓怕他被鱼儿伤害，遂将粽子和盐蛋投入江中。从此每年五月初五划龙舟、吃粽子，来纪念他。

小希云在先生的教导下，开始攻读《古文观止》。全书50余篇，都是古典文学中的精品，其中有李白、苏轼、范仲淹、欧伯修、骆宾王等众多名家的文章。

余老先生满怀深情地说："小希云，《古文观止》中的《滕王阁序》，文中有一句'落霞与孤鹜齐飞，秋水共长天一色'，上句写动，霞、鹜齐飞，下句写静，水、天一色。一动一静，以动衬静。上句侧重于目随景而动，突出景物神态。下句侧重于心因景而静，突出景物色彩。画面和谐，美不胜收。作者王勃，当时很年轻，实属天才。据说他病死后，灵魂经常朗诵这神奇的两句！"

小希云闻之动容。

接下来，先生开始教习写文章的方法。作文讲四个步骤：起、承、转、合。起是文章开头，承是叙述讲解清楚，转是反面来叙述，合是文章结尾点出文章的结论。

小希云刻苦练习，学习得法，写出的文章屡屡受到先生的赏识，成为私塾中的好学生。

先生又讲授唐诗、宋词、元曲。以唐诗为重点，五言、七言等。诗讲究平仄，朗朗上口，抒景抒情，非常优美。古人曰："熟读唐诗三百首，不会作诗也会吟。"熟能生巧嘛。

先生说："中楷写得差不多了，可以开始练习用斗笔书写对联了。在过大年时，家家户户都张贴对联，我们自己家的门上，对联如果是自己的字，那是很有意义的事。不过因为对联字大，书写时一般都是悬着手腕持笔的，书写时，手腕绝不能颤抖，那才是写好毛笔字的、过硬的真功夫。"

先生又教导水墨山水画，告诉学生如何画树，含树枝、树皮、树叶的画法，松树、柳树、竹林、山石的画法。山的画法分：丘、壑、峰、峦、岗、岭、巅。石的画法分为勾勒、皴擦、染色。还有云的画法、房子的画法等。要求学生购买一套《芥子园画谱》，反复练习。

先生还教学生学珠算，因为算盘是中国古老又实用的计算工具，必须学会用算盘进行加、减、乘、除的运算。

有一年骆汉青从汉口回乡，到蕲州附近的农村老家探望父母，也专程来武穴镇看望教过自己的余老先生，与老先生交谈时，听到私塾学生的一些情况，得知小希云写得一手好字，文章写得不错，又会画山水画，是个积极向上、刻苦勤奋的好姑娘。

汉青随手在余老的桌上，翻看小希云的作文。题目是"春蚕"。描述家中采桑养蚕之全程，务必备充足之嫩叶。结尾说，"蚕虽小，切勿藐视，而其功可谓巨矣"。汉青认为文章很有见解。翻开小希云的写字本，大字、小楷均规规矩矩，字体秀丽，堪称同学中一流。山水画初具创意，颇有古风。其后，汉青见到了这个可爱的小姑娘，留下深深的印象。

余老先生办的私塾，很有时代气息。除了读书、写字外，还定期开展其他活动。如象棋竞技、踢毽子游戏。

又是一个假期，汉青念及余老先生，看望先生。这次看到小希云和同学在拍小皮球。汉青内心泛起一丝涟漪，萌生出来一种莫名的感觉。可小希云自己还不知道。

第三章　并蒂莲开

20 世纪 10 年代 8 月的一天，在汉口工作的希云的姐夫余季鲤发给慕云一封电报，电文称："汉口女子师范招生，考试科目语文和算术。"那时只有邮政和电报业务，没有电话通讯。因为时间紧，季鲤不得不用电报通知。慕云迅速将这一好消息告诉了希云。

"黄爸，黄妈，姐夫来电报说，汉口女子师范招生，机会难得，我很想赴汉口报考，好吗？"希云问。

二老疼爱女儿，都很支持。当时女子去外地读书，是非常稀少的，可说很新潮。同时又有姐夫在那儿工作，有帮助和照顾。随后，她又向私塾先生请教，说明去汉口报考女子师范。先生大为支持和鼓励。"人向高处走，水往低处流。"

余老先生耐心地说："小希云，你把学过的古文提纲要点复习复习，并独立总结总结。可能有文言文翻译成白话文和白话文作文。算术方面，你要复习整数和分数、四则运算、平方、开方和应用题。"

"先生，我一定遵照你的教诲！"小希云面色真诚，内心感激。时不我待，她专心致志，挑灯夜读，争取能考上，以报答私塾老先生的教诲和养父母的教养，也为自己能有个美好的未来。学校规定考生在报名时须交两张两寸照片，后发准考证。考试时间即将到来，小希云收拾好行装，乘小轮船西上汉口。黄爸帮着女儿提小行李箱，拿船票送女儿上船，叫她注意安全。

黄爸打电报给汉口的余季鲤，到时他到汉口码头接人。

希云遥望远方，隐隐约约显出钟楼的影子。听别人说武汉的建筑物高，那个钟很大，好像汉口港快到了！

不一会儿，轮船汽笛声"呜呜"响了，提醒乘客，汉口港真的马上要到了。轮船开始减速航行，最后慢慢靠稳码头。乘客很有次序地下船上岸。看到姐夫在招手。希云连声喊："姐夫，姐夫！"喜悦和激动，同时不停招手。

"啊！小妹，小妹。"姐夫高兴地喊道。随即帮小妹提行李箱，走过跳船、码头上岸。穿几条街，到达预先订好的小旅社，小妹住下了，随身带的东西也放好了。然后到"蔡林记"热干面店吃面。当天下午，在姐夫的陪同下，希云按时到汉口女子师范报名处填表、交照片，办完相关手续，领取准考证，然后回旅社休息。

六天后，师范就要考试，两门功课，上下午分别考一门，一天考完。考试日，姐夫在校门外等她。上午考完，走出校门外。

"小妹，上午考试怎么样？"姐夫等了很长时间，迅速走近。

"总体上说，估计相当不错。"希云笑容满面。

两人在学校邻近的小饭庄点了两菜一汤，吃了饭。下午继续考试，两个钟头就考完了。希云走出校门。

姐夫问："小妹，下午算术考得如何？"

希云说："因为准备充分，留心检查，自己验算正确，才交了考卷，比语文更有把握。"

姐夫说："太好了！"

随后一道回旅社，安顿好后，姐夫回单位。

"紧走慢走，一天也走不出汉口。"说明汉口的路很长。

第二天，姐夫陪小妹到中山大道六渡桥到江汉路之间的一段繁华地段走走看看，如民众乐园、亨达利钟表店、中国银行等。之后，希云乘小轮船返回老家。

这一天，在姐姐家小客厅中，姐妹俩修剪花草，其中一盆是秋海棠，叶色优美。另一盆是吊兰，叶片细长柔软，四季常绿。突然听见敲门声，连忙走去开门，抬头一看，竟是邮电局送来的电报。"小妹已被汉口女子师范录取，望于9月1日前来报到。"姐妹两人互相拥抱，喜悦的眼泪夺眶而出，好久才平静下来。

姐姐将好消息告诉母亲。希云立即回家将这个好消息禀告黄爸黄妈，同时也告知黄家的哥哥们。

希云儿时的小伙伴和私塾中的好友，也先后知道了，纷纷来祝贺。

次日，天空少云，秋高气爽，希云怀着喜悦的心情，特地去私塾报喜讯，拜见尊敬的余老先生，感谢他多年的教诲。

余老鼓励一番，并赋词：

励　志

人生好，最美是灵魂。

好奇探索共商论，

量力而为实践行。

万里展鹏程……

"谢谢先生，谢谢先生，我永远也忘不了先生的教诲，也绝不辜负您的期望，今后我会来看望你老人家！"希云脸色微红，内心激烈地跳动着。

武穴小镇的女孩子，能到汉口女子师范读书，是多么不容易的大事。希云带着大箱子，内放换洗衣服、日用器物。还有垫的、盖的被物，启程去汉口。黄爸买好两张小轮船票，帮女儿提行装，亲自送女儿上学。

"呜呜"，汽笛声拉响，由于镇小，几乎全镇都听见了。"汉九"号快到江边小轮船码头。黄爸和女儿携带行李，在岸边等待。岸上人声鼎沸。小轮船停靠好，等九江到武穴的乘客先下船后，父女俩便快步走过跳板，进到一层船舱，沿楼梯上到二层的座位休息。小希云立即走到二楼栏杆边，向前来送她的姐姐挥手惜别。

深夜了，江风沙沙作响，轮船快速航行时的波浪声"唰唰"响。黄爸疼爱地说："女儿，很晚了，你靠在我身上多睡一会儿吧。"疲倦的小希云很快睡着了。早上9点来钟，汉口终于到了。连夜的折腾、熬夜，父女俩的确非常疲劳，而此时，他们觉得兴奋多了。小客轮停靠码头后，两人携行李直接前往汉口女子师范报到，办理入学手续。

他们找到学生宿舍，将被褥铺好，买好饭票，按规定在食堂就餐。随后父女俩在校园内散步，到处走，熟悉熟悉。黄爸叮嘱女儿要照顾好自己，在这里有什么事可以找姐夫帮忙。

下午时分，希云陪黄爸在六渡桥附近走走看看。傍晚，黄爸送女儿到校，惜别时，小希云的眼泪都流出来了，因为从来没有长时间离开过家呀！黄爸乘小客轮返回武穴。

汉口女子师范学制是三年。民国初期，女子在校读书确是很进步，也很新潮的。她学习的课目有国语、代数、平面几何、物理、化学、教学法和音乐、图画等，当时没有英语。国语包含古典文学和现代白话文、"新诗"，如鲁迅、苏雪林、冰心、朱自清等人的作品。

语文课时，老师讲了一个标点符号重要性的故事："中国古代文学有时不太严格，容易产生误解。如'下雨天留客天留我不留'，如果标点位置不同，是'留'还是'不留'，那么含义就截然相反了，同学们务必要特别注意。"文章种类有记叙文和议论文，两者都要求叙说清楚。道理要透彻。

音乐课的贺老师一进教室，就吸引了同学们，老师高高的身材，穿着一件白色暗花长旗袍，外面是一件玫瑰红短披肩，嗓音清脆悦耳。对学生非常亲切。她一进教室，班长喊"起立"。老师回道："同学们，请坐下。我们上课。音乐是情感的艺术。任何一首歌，都是艺术家的感情产物。它通过特有的方式，来表现活泼、凄凉和庄重等情感，使人从中受到美的熏陶和情操的陶冶。简谱通俗易懂，使用方便……"

那个年代教音乐，是脚踏风琴，风琴的结构是靠空气压力使一组自由簧片振动而产生声音，风源来自双足踏板操纵的鼓动风箱。

贺老师首先把歌曲写在黑板上。老师唱一句，同学们跟着唱一句。如此唱完一首。然后老师弹风琴，同学们同时唱歌，相当于学生唱、老师风琴伴奏。直到熟练为止。像这首《母亲的光辉》，歌词是：

> 母亲的光辉，好比灿烂的旭日，永远地永远地照着你的心；
> 母亲的慈爱，好比和煦的阳春，永远地永远地照着你的身。
> 谁关心你的饥寒？谁督促你的学业？
> 只有你伟大慈祥的母亲。
> 她永不感到疲倦，她始终打起精神，殷殷地期望你上进，她为你尝尽了人世的苦辛。
> 她太疲劳了，你不见她的额上，已刻上一条条的皱纹！
> 世界上唯有母亲者，是最幸福的人。
> 可是你，怎样报答母亲的深恩！

平面几何课的苏老师，讲解直线、平行线、三角形、平行四边形的性质以及周长、面积等。苏老师还说了个有趣的现象：例如手电筒的反射镜，就是抛物线旋转而成的，只要光源位于焦点，它的光就照射得很远。军舰上的探照灯能照很远，也是这个原理！

寒假到了，同学们纷纷返回老家和亲人团聚，欢度春节。

一年一度的春节，是我们中国人最传统、最隆重的节日。

许许多多在外地工作的人，多数都是农历二十八九以前赶回老家。在武汉工作的骆汉青，回老家过年，并抽出时间到武穴看望曾经启蒙教过他的余老先生，这是咱们中国人尊师的优良传统。之后，他拜访既是学兄又是挚友的余季鲤先生。慕云和妹妹希云热情待客，做了五菜一汤，买了瓶张裕葡萄酒款待，丰盛、实惠，边吃边喝边谈。

姐夫将骆先生介绍给小妹，说："骆先生在汉口工作，和我是同窗好友。"随后，骆先生主动伸手和小妹握手，以示礼貌。余季鲤讲了一个故事"大林寺咏桃花"："白居易当年做过江州（九江）司马，有一年四月上庐山，看到桃花，十分惊奇，曾作诗，'人间四月芳菲尽，山寺桃花始盛开。长恨春归无觅处，不知转入此中来'。白居易以物喻情。庐山离我们家乡不远，我们以后去寻访那个地方，看看桃花。"

骆先生说："我曾听一位朋友说，离九江不远的小县城，有个风景如画的桃花潭。那地方有一酒家汪伦，给李白写了一封书信：先生喜游乎？这里有十里桃花。先生喜酒乎？这里有万家酒店。李白应约相饮。临别时，李白赋诗一首：'李白乘舟将欲行，忽闻岸上踏歌声。桃花潭水深千尺，不及汪伦送我情。'诗人情深，传为千古美谈。以后如果有机缘的话，我们四人同去游览。"大家齐声说，那太好了。

饭后大家都高兴。希云更是愉快万分，那种读书时的紧张心态，现时全部放松了。

慕云和希云，两姐妹，各有特色。姐姐个性稳重含蓄。妹妹却活跃得多，巴不得能尽早去庐山大林寺中看看白居易赏花处的桃花和李白曾游过的桃花潭，那多有味。

言谈间，骆先生觉得希云知书达理又不失可爱，有那么几次眼光不忍移开希云身上，像雷达扫描一样多停了那么几秒，传送爱的电波。两者的内心仿佛在交换情报啊！

女子师范的课余活动，举办得很好，先后组成三个社团：聂耳合唱团、板桥画社、先锋女子篮球队。希云根据爱好，选择加入了合唱团。学校确定由教音乐的贺老师负责，每周一次活动。希云带着浓浓的兴趣而来，那一定是会学好的。有一次，活动结束，同学们离开得差不多了，她问："贺老师，风琴声音弹起来很好听，很有韵味，请你教教我弹风琴，好吗？"

"好哇！不过，你有没有决心呀？不能够虎头蛇尾，'三天打鱼，两天晒网'。"贺老师很愿意培养学生。

"老师，有。我一定能持之以恒。"

"那以后合唱团活动结束后，你练习弹风琴好了。"

"谢谢老师。"

希云从学校班级邮箱里收到一封信，是骆汉青先生寄来的。她顿时脸色微红，心脏跳动得很厉害。从来没经历过。

信文说："吕希云先生钧鉴，值此春光明媚、日暖风和之际，特邀先生赴汉口中山公园一叙（星期日上午，十点许），请勿爽约。骆汉青。"

骆先生、吕女士先后到达，肩并肩走进公园。

池塘四周尽是林荫垂柳，二人找个板凳坐下，欣赏秀丽风景，只见那水面映着天空上的白云，衬着垂柳倒影，真是太美了。两人相互谈工作和学习的事。抬头看见成对成对的鹅，在水中自由嬉游。希云联想起童年时养母教过的小诗歌，回忆起来多有情趣。

天色晚了，骆先生送希云返校。

这学期希云有物理课。物理学在人们日常生活中，几乎天天遇到。如力、热、声、光、电等。

李老师讲课生动，能激发学生的兴趣。

他拿一只砣说："同学们，这个重量是一斤，有的说是两斤。对吗？在中国唐代至清代，一斤相当于596.82克。为方便起见，改一斤为

500 克。"

老师又说，"同学们，力是什么？有人说力就是用力。不严格啊。牛顿认为力是物体产生加速度的原因。苹果为什么总是掉在地上，而不飞上天呢？无数的人，可是司空见惯的呀！牛顿经过多年的试验研究，终于发现了万有引力定律。通过公式，可以计算出地球的质量是多少。多么神奇啊！一个庞大的地球，用常规办法，根本不可能测量它的质量。你们知道吗？日蚀（天狗吃日）是月球运行在太阳与地球之间，三者在一条直线上时，月球挡住了太阳而发生的天文现象。"

希云到今天才知道，小时在私塾时亲眼看到的"天狗吃日"，原来是"日蚀"。

李老师带来了实验装置，测浮力。

"同学们，你们想，铁秤砣放入水中，肯定是沉入水底嘛，那么轮船是铁质的，怎么不沉入江底呢？因为体积很大，其比重小于水的比重。"

骆、吕相约去汉口江汉关前的江边。眺望着江中轮船、帆船，骆介绍说："小妹，江汉关过去是政府征关税的地方，国库收入的重要来源。大楼为英国古典主义建筑风格，在古希腊、古罗马建筑风格的基础上，吸收意大利文艺复兴时期和法国古典主义建筑艺术。它的外墙以花岗岩石建筑，墙面、山花、窗楣以及大门入口处，均采取艺术造型处理，外观庄重典雅，富有艺术感染力。钟楼高约 23 米，钟面嵌入四壁，直径四米，每日，按时敲钟，大钟按刻奏乐，奏威斯敏斯特乐曲。钟楼顶置风向标，又设瞭望台。"

希云听着很是佩服，增加了对江汉关由来的认识。

骆又说，"抬头向东望去，江天一色的远处，就是我们的家乡。过几天是夏季。我发现你的扇子快破了，买了一把新的送给你。区区心意，小妹，希望你能喜欢。"

"嗯！"希云低着头。

"你好学的精神，令人佩服。不过，千万要注意身体呀！"

"我知道，会量力而为的，谢谢关心。"

两人从江边，向下游方向走去，走了很远。于是转身向上游方向走。只见远方，武昌的蛇山、汉阳的龟山隔江遥遥相对，可谓"龟蛇锁大江"。

走累了，肚子也饿了，他们又去品尝汉口名吃店"四季美"的小笼包。从前，听别人讲故事，如今，在这儿读书，就是缘分和幸运。

"四季美"，小店招牌很有意思，意为一年四季都有美食供应。他们制馅很有讲究，选料严格。先将猪腿肉剁成肉泥，然后拌上肉冻，和其他佐料，包在薄薄的面皮里，上蒸笼蒸熟，肉冻成汤，肉泥鲜嫩，七个一笼，佐以姜丝香醋，小笼包非常鲜美。该店制作汤包的品种很多：蟹黄汤包，虾仁汤包，香菇汤包，鸡茸汤包和什锦汤包等。两人点的是蟹黄汤包，的确名不虚传，满口留香，回味无穷。吃完东西，骆先生送希云回学校。

秋去冬来，汉口的天气，冬天还是很冷的。在那个年代，没有暖气，也没有空调。汉青如同兄长一样关心希云，冬天快来的时候，从街上店铺里，买个暖铜壶送给她。双方的心窝里都种下了爱的种子。他知道希云练习风琴，又专门买了本《聂耳歌曲集》赠与之。又拜托师兄帮忙，多多美言。

一个秋高气爽的星期日，汉青约希云重游中山公园，同坐在池塘边的椅子上，远望美丽的蓝天，低头看成对的鹅，心情很不平静。汉青说："今后我不再喊小妹，喊希云，好吗？我愿意永远陪伴你，永不分离。我实在太爱你了，你喊我汉青，好吗？"希云含羞点头。二人第一次拥抱、热吻，都不想松手。

两位青年相识、相爱，在当时社会，可谓新潮，代表了进步青年，不需要父母之命、媒妁之言，自己的人生自己主宰。当然人生大事，还应该要向父母禀告一声，征求一下老人的意见。事实上，双方老人得知详情后，都不约而同表示理解和支持。

这年的寒假，是在校读书的最后一个寒假，希云按时返乡过年。

骆汉青买了西洋参和桂圆、茶叶、糕点和蕲州油姜，各两份，前往女友的养父母和生母那里看望，以示孝敬。并向老人誓言，"永结同心，相亲相爱"，请老人放心。

三度寒暑，三度春秋，希云学习了许多知识，树立了新的人生观、世界观，去实现为社会服务的理想。通过刻苦努力，拿到毕业证书。

马上要离开汉口，离开亲爱的母校，离别朝夕相处的同窗，希云心里依依不舍。

乘汉九班小轮船回家乡，希云向岸上送别的同学招手。轮船开动了，机器声隆隆不断。回首远望汉口，渐渐消失在地平线下。家乡越来越近。轮船缓缓靠稳码头，黄爸黄妈站在岸上，笑容满面，迎接女儿的归来。

休息了一些日子，有一天晚饭后纳凉的当儿，希云心有所思，对黄妈说："你老人家对我的关心照顾，我终生难忘。不过，我现在长大了，老母亲年事已高，姐姐出嫁，她老独自一人，身边无人，我想回去陪伴她，好吗？"

"你母亲比我年龄大，也该如此。趁她还健康的时候，尽母女之情，以后你常回来看看。"

"那是当然，我一定会常回家看望二老！"希云内心诚恳。

武穴小学越办越好，教育发展迅速，学校派人送来聘书。

"兹聘请吕希云女士为教员。"欣喜之余，根据教材内容进行备课，希云在家撰写讲稿。

开学第一课是算术的分数加减法。希云走进教室。班长喊"起立"，学生们立刻站起来，希云很礼貌地说："请坐下。请同学们翻开教材，同时看黑板上的列式……"

光阴似箭，转眼又一年，汉青、希云两人商定趁暑假时间长，完成终身大事。

老母亲家有两间卧室，希云将自己的那间装饰一下就成新房。两个人一道购置床上用品及衣服，墙上挂着洛阳牡丹国画，桌上放置新婚照片，当时是黑白、彩色由相馆师傅描成，既典雅又新潮。

在学校的小礼堂，新人举行了结婚典礼，红色横幅写的是："祝贺骆汉青先生、吕希云女士新婚典礼。"

高校长主持仪式，并担任证婚人。

结婚证书是从商店买来的两张空白纸，填上新郎、新娘的姓名、年龄、籍贯，由证婚人和男女双方主婚见证就行。

新郎新娘穿着礼服，戴着胸花。

高校长大声宣布，骆汉青先生、吕希云女士新婚典礼正式开始。首先，两位新人向证婚人行三鞠躬礼，再向双方父母行三鞠躬礼，向在座的亲友和嘉宾行三鞠躬礼，最后新郎、新娘相向鞠躬。

新婚典礼气氛热烈。这是人生中最激情、最幸福的时刻，它深深地印在他们的心中。

三天后，送别前来参加婚礼的远方客人，小两口乘"江新"号大客轮赴武汉度蜜月，享受人生的乐趣。

两位新人在汉口大舞台观看京剧《贵妃醉酒》、《霸王别姬》（梅兰芳）、《红娘》（高慧生）和昆曲《牡丹亭》，在汉口"民众乐园"观看杂技和曲艺，在电影院看了电影《渔光曲》，同时游览武汉三镇的名胜古迹，黄鹤楼、晴川阁和古琴台，参观首义遗址，因为这是推翻清朝的发源地。

第四章　却话巴山夜雨时

汉口中山公园的海棠花，开得格外艳丽多姿。天空上的月亮格外皎洁，格外晶莹，格外圆。汉青和希云也是格外甜，格外美和幸福。

希云在汉口读书时的闺密、同是聂耳合唱团的团员，给希云寄来一封信，里面有她为希云抄写的一首新歌《花好月圆》。

希云看着简谱练唱："浮云散，明月照人来，团圆美满今朝醉。清浅池塘，鸳鸯戏水。红裳翠盖，并蒂莲开。双双对对，恩恩爱爱，这园风儿，向着好花吹，柔情蜜意满人间。"

汉青说："小云，这首歌词写得优美，情真意切，听起来委婉动人，感人肺腑！你唱起来更是动听。"

"是，这首歌好，它献给所有的青年人。"

"愿天下有情人终成眷属。"汉青附和妻子的真情表白。

两人启程回到家乡看望父母，老人住在蕲州镇附近的乡村。

按传统，新婚夫妇要抬糖茶给各位亲友品尝。新人共抬一个红色圆盘，盘中放一杯红糖泡的茶，象征幸福和温暖。不论资排辈年龄大小，大家一视同仁。当然，他们先敬父母，再敬弟弟，这是弟弟第一次见到嫂嫂，他从内心深处为哥哥高兴，祝愿兄长幸福美满。

蕲州，这个小镇是有历史渊源的，是明代著名医药学家李时珍的故乡。李时珍于明朝万历十八年（1590）完成了近两百万字的医药巨著《本草纲目》。他自嘉靖四十四年（1565）起，先后到武当山、庐山、茅山、牛首山及湖广、南直隶、河南、北直隶等地，收集药材标本和处方。并拜渔人、樵夫、农民、车夫、药工、捕蛇者为师，参考历代的医药方面的书籍，"考古论今，穷究物理"，历经 27 个寒暑，记录上千万字札记，弄清了许多疑难问题。一切从实践中来的科学研究的态度，启示后人在科学的道路上，没有平坦道路可走，只有不畏艰险，勇往直前，才能达到光辉顶点。人们对这位药圣的贡献，永志不忘。

李时珍纪念馆人员讲述了一个故事："一天，李时珍来到湖口，见一群人正抬着棺材送葬，而棺材里直往外流血。李时珍上前一看，见流出的血不是淤血而是鲜血，于是赶忙拦住人群，说：'快停下来，棺材里的人还有救啊！'众人听了，面面相觑，彼此都不敢相信。人已死，再开棺惊动故人，不是太不吉利了吗？李时珍看出了大家的心思，便反复劝说，终于使主人答应开棺一试。李时珍先是进行了一番按摩，然后又在其心窝处扎了一针，不一会儿，就见棺内的妇人轻轻哼了一声，竟然醒了，于是，人群欢动。不久之后，这名妇女又顺利产下一个儿子，于是人们都传言李时珍一根银针，救活了两条人命，有起死回生的妙法。"

人们都知道，中医的艾灸，就是蕲艾。农历五月端午节时，家家户户门头挂的都是蕲艾呀！

蕲州小镇，位于长江北岸之滨，离武穴不远。那里的油姜很嫩，很开胃，味道甚佳。附近农村有很多旱地和水田，农民利用水牛耙田。每到农历三四月，油菜花遍地金黄。每到秋收，农民们喜庆丰收！

汉青陪送妻子回到家乡，顺便带两罐油姜送给武穴的两位妈妈。妻子学校快开学，繁忙的教学工作又要开始，自己又要回武汉了。

有一些事是人们无法预测的。说起来真是有点儿奇怪，曾有一女士，因平时身体不太好，经常犯一些小毛病，被老祖宗说成"三怕"——怕风、怕雨、怕太阳。结果过去了几十年，跌跌撞撞，并未病倒，因高龄而致油干灯灭。相反，黄妈平时身体还不错，很少生病，前几天，说胸口有点儿不舒服，休息一会儿就好了，真没有想到，1934年秋，突然离世，没有丝毫痛苦。

希云悲伤至极，说："黄妈，感谢您老人家，在最困难的时候收养我、教育我，你的恩情我永世难忘，我最亲爱的黄妈，安息吧！"

希云继续在小学教学，下班回家还要照顾年老的母亲。她的姐姐慕云，早几年就是小学语文老师，是一位很好的园丁。丈夫在汉口工作，自己还带着儿子，十分忙碌。

1937年5月，他们的老母亲由于年事已高，身体衰弱，青光眼越来越严重。最后完全失明，走路都困难，熬过了多年的苦日子。有一天晚上，睡得很安静，睡得很熟。第二天早上，希云起床后去看，发现她早已停止呼吸、与世长辞了。

希云赶快电告汉口工作的丈夫和姐夫，速回老家。大家商量共同办理后事，安葬好老人，让慈祥的父母亲永远安息在一起。

那个年代小城镇是没有电话的，更谈不上有收音机听电台广播消息。信息来源有二：一是从汉口寄来的报纸，二是听别人口述。南京沦陷，这样大的消息几乎是许多人都知道的。

姐夫余季鲤、姐姐慕云和汉青、希云四人，端坐在小客厅，面容非常严肃，低声商量。

季鲤说："上海沦陷，紧接着首都南京被日本军占领，形势险峻，大家来讨论逃避战火的事。"

汉青说："从日军进攻形势看，恐怕武汉都保不住，那是兵家必争之地，战争是不可避免的了，武汉是京汉铁路和粤汉铁路的交点。我看应该往上游走，比如秭归、巴东等地。"

慕云说："秭归离宜昌太近，不安全，还是巴东较合适。"

希云说："姐说得对，巴东是合适的。"

季鲤说："大家都说得对，巴东在目前是合适的地方。先到巴东，如果有情况，再往山区里逃。"

宜早不宜迟，他们准备在一星期内动身。次日起，两家人收拾衣物，准备必要的行李，买好小客轮船票，而自己的老屋，请亲友代为管理。汉青和希云两人向黄爸和黄家大哥、大嫂们告别，还向小学校长办理离职手续，感谢他们多年来的帮助和支持。

季鲤夫妇，带着儿子健安和汉青夫妇一行五人，带着行装登船，离开家乡，赴往汉口。轮船慢慢地离开码头，心里多么依依不舍。可爱的武穴啊，再见，亲爱的家乡！

从汉口到重庆的轮船班次很少，又不容易买到船票，他们考虑并决定从汉口到巴东租一只帆船更方便些，因为慕云有孕在身，行动不便。

到武汉休整几天，季鲤和汉青还要向工作单位办理离职手续，等办好后，再向同事好友告别。

"日暮乡关何时是，烟波江上使人愁。"帆船从汉口起航，迎着天边的晚霞，向上游驶去。考虑随行中有孕妇，时间上比较宽裕，顾及行船的安全，通常是白天航行，夜晚时两家人上岸到旅社休息。因为是上水航行，帆船只能像诸葛亮借东风那样借助风力行驶。最后终于到达目的地——巴东。

巴东，这是一个临江的山城小镇。有两条街和几条小巷，是县政府所在地。比较热闹。

经历了几天的旅程，大家都觉得很疲劳。上岸后，找个好一点的旅馆，好好休息两天，然后，两家人到街上走走看看，就感到和老家完全不一样，这儿是山地，居高临下，武穴却是平原。

一个星期五的上午，天气晴朗。季鲤、慕云、汉青和希云四个人带着各自的证明文件，以及简历找到县政府秘书科，请帮助安排工作，科长先生既热情又认真，答应转交给县长。科长很关心地说："各位先生，县内如果有机会，一定会尽量解决。如果暂时没有合适的机会，请耐心等待。"

季鲤说："谢谢，请你多多关照，恭请县长先生能照顾我们这些避难的人。"

几天后，县秘书科召见说："根据递交的证明文件和查证的事实，兹任命余季鲤先生为县中学校长。骆汉青先生为县秘书科主任科员。聘请吕慕云女士、吕希云女士为县中心小学教师，请你们准时报到。"

他们很感谢县长和巴东人民对自己的帮助与关怀。说："谢谢，我们一定把工作做好，决不辜负。"

均按规定时间报到。

当地人朴实热情，听说他们是从武汉来的，连忙腾出房屋。季鲤和汉青两家人分别安居下来，两家相隔很近。他们很快融入巴东山区的生活中。

巴东在宜昌上游，比秭归离宜昌更远些，东西窄，南北狭长，长江从中间穿过，江北面积约占总面积的1/3，南部山峦起伏，峡谷幽深，沟壑纵横，是典型的喀斯特地貌。这个地方是位于亚热带季风区，温暖多雨，湿热多雾，四季分明。该县少数民族很多：如回族、苗族、高山族、土族等二十几个民族。

既然来到这里，日子久了，也就喜欢它了。正如唐朝诗人黄峭说的："年深外境犹吾境，日久他乡即故乡。"

土家烧饼又名掉渣烧饼，因烤后外层酥松，稍一抖动就可掉渣而得名。烧饼椭圆形，抹上香油、芝麻等，在瓦缸里用木炭烤制而成。还有坨坨肉，占有十分重要的地位，为鄂西少数民族地区著名农家十大碗菜肴之首，特点是色泽黄，味咸鲜，软糯不腻，以酥、麻、辣为主。

县城内有"小三峡"①之称的神农溪，传说是炎帝从神农架采药后顺流而下的溪流。另外无源洞更是少见，相传曾有人执着探洞，点燃了七支半蜡烛，仍看不到尽头，故"深远莫能穷其源"。洞长两公里多，洞口高16米，宽10米，洞内最高达70米。

汉青初到这个地方，需要充分调查各种情况。根据县长的意见和县的实际问题，做好相关工作安排。时值抗日战争，做好宣传鼓动工作等事宜。

季鲤在暑假期间，召集教务、行政等部门，商定教学或其他事务。

县中学建在考棚附近，一进校门就是一块场地，右侧是运动场，开展田径运动的。中间是大广场，学生集合的地方，左侧是篮球场。从校门进入后，走过广场，再上十来个台阶后，就是学校的相关科室，教研室以及伙食房。紧接向后是过道，两侧是住读生宿舍。每栋宿舍都有天井采光、通风，这是第二个平台。山区学校，必须这样安排布置才行。往后再走上台阶，那儿就是教室。再往后走，就看见魁星阁，庄严屹立。

我们中国，读书人很尊重"大成至圣先师孔子"。县城中有一个文庙。附近建了一个小公园，有绿地、凉亭等。

暑假期满，余校长召集有关人员，开了个工作会议。要求老师们授课时采取启发式，不要填鸭式，老师讲，学生听。既要学习知识，还要求学生成为有道德的人，理论联系实际，不做空谈家。要求学生关心国家大事。请体育老师，组织篮球队。请美术老师，在学生两栋宿舍走廊墙上各画一幅画：东侧"闻鸡起舞"，西侧"卧薪尝胆"。请音乐老师，组织合唱团，如有可能排练"话剧"。请后勤部门，改善伙食。

小学秋季开学了，慕云任五年级语文和常识老师。希云担任四年级算术和音乐老师。两位教学经验丰富，效果显著。

希云在汉口女子师范读书期间，曾参加校合唱团，又师从贺老师学过

---

① 龙昌峡，鹦鹉峡、神农峡。

弹风琴，如今在巴东小学工作，音乐才能有了用武之地。

她教唱《摇船曲》：

> 莫把船儿翻了，莫把船儿翻了，
> 努力向前摇，努力向前摇。
> 嘿哈，嘿哈，嘿哈，嘿哈，
> 风儿大，波儿高，小小船儿浪中漂。
> 嘿哈，嘿哈，
> 先把方向确定了，确定了，只要努力向前摇，向前摇。
> 嘿哈，嘿哈，
> 不怕摇不到。不怕摇不到。

两家人和当地人慢慢地交往很多，很喜爱"巴东堂戏"。安徽安庆有黄梅戏，湖北武穴有采茶戏。堂戏是地方戏，用当地语言、声腔和喜闻乐见的表演形式，进行表演，富有幽默感，音乐高亢激昂，节奏明快，悦耳动听，演出时，用丝弦乐和打击乐伴奏，剧目甚多。

山河破碎，遍地烽烟，武汉抗日保卫战极其惨烈。中国军队在武汉外围，沿长江南北两岸展开战斗。战场遍及安徽、河南、江西、湖北四省广大地区，它是抗日战争战略防御战中规模最大，时间最长，歼敌最多的一次战役，战斗数百次，中国军人伤亡 40 余万人，日军伤亡近 26 万人，大大消耗了日军的有生力量。日军设想速战速决的企图完全破产。

1938 年 10 月 27 日，武汉完全失守。

1938 年 12 月 18 日，夜晚，天空下着小雨，慕云快临盆了，说："到哪儿去请接生婆呢？毫无办法呀。"妹妹说："我来呀。"她壮着胆子，将不锈钢剪刀放在沸水中煮了 30 分钟，完成消毒。

"哇"的一声，小女孩终于平安出生。为提高室内温度，利用沸水产生的热气来调节室温，对母女健康有重要意义。

不久，春节来临，各地有各地的乡风，各地有各地的习俗，巴东的特点是家家户户把橘子树的树枝放在家中，表示吉祥。

家家用糯米做圆饼，染成红、兰色，堆成"五谷丰登""春色满园"等字样，同时，熏腊肉（腌透）、打粑粑，有糯米粑、高粱粑和小米粑。

春节到，多热闹，敲锣打鼓放鞭炮。欢笑声，多响亮，舞龙舞狮踩高跷。踩高跷是练出来的，很不容易平衡。乡亲们相互祝福，一帆风顺，二龙腾飞，三阳开泰，四季平安，五福临门，六六大顺，七星高照，八方来财，九九同心，十全十美，百事亨通，千事吉祥，万事如意。

这是两家人第一次在外乡过年，格外思念家乡、亲友。

武穴早在去年年初时，就沦陷在日军的铁蹄之下。

巴东多山，春天多雨。外乡人在巴东的感受和唐朝诗人李商隐基本相似。"何当共剪西窗烛，却话巴山夜雨时。"

时光荏苒，春去秋来，喜庆丰收，在这个时候，巴东人经常跳巴山舞喜庆丰收。

县中学初三班快毕业，校方举办晚会。由毕业班同学和校合唱团参加，其他各班适当参加与节目，正值抗日时期，意义十分重大。毕业班的同学合唱《毕业歌》：

> 同学们，大家起来。担负起天下的兴亡，听吧，满耳是大众的嗟伤。看吧，一年年的国土沦丧。我们是选择战还是降？我们要做主人，拼死在疆场。我们不愿意做奴隶而青云直上。我们今天是桃李芬芳，明天是社会栋梁。我们今天是弦歌在一堂，明天要掀起民族自救的巨浪，巨浪，巨浪，不断的增长。同学们！同学们！快拿去力量，担负起天下的兴亡。

晚会的高潮时刻，师生们高喊口号：打倒日本帝国主义，抗战必胜，伟大的中国万岁！

1942年年初，余季鲤一家，因工作需要，经过日本未曾占领的地方，带儿子回到广济县梅川镇（广济县政府所在地）。1945年9月，日本无条件投降。

那一天，鞭炮声不绝于耳，整夜无眠，人们激动得泪流满面，久久不能平静。

第五章　浓浓故乡的爱

抗日战争胜利日的当夜，月明星稀，汉青对希云说："我想起杜甫的一首古诗，'剑外忽传收蓟北……'情真意切，情感奔放，痛快淋漓地抒发了作者喜悦兴奋的心情。"

希云说："是呀，今天日本投降了。想回到八年未见的故乡，心情完全相同！我们身临其境，才有如此的感受。"

两人远离老家、亲人，一转眼八年多了。不知道家乡怎样了，长期没有通信，老人还健在吗？亲友还好吗？

汉青马上写了两封信，分别寄往蕲州和武穴。

今年的秋季郊游，希云带着学生，远足灵山寺。该寺位于灵山山坡上。从学校走去，只有两里路，两旁是金黄的稻谷。灵山山脚处，有清泉流淌着，流水中有个形状似船的大石头，当地人称它为"石船"，展现大自然的鬼斧神工。午餐是学校送来的小糖包。每位学生三个。小学生自己都带着小水壶，口渴时喝两口，如有吃不完的，就带回家去。"一粥一饭，当思来之不易。"

郊游时，他们参观了灵山古寺。返回时，大家看看红于二月花的枫叶，真是心旷神怡。

这年的秋天，汉青却非常高兴，带着小凳子，拿着钩杆、诱饵（蚯蚓），来到一个幽静的鱼塘边垂钓。健侬跟着一起去玩。小女孩怎么坐得住呢？在鱼塘边跑来跑去。结果空手而归。回去的路上，汉青边走边说："今天的机会不好，鱼儿不上钩，都怪你跑来跑去，把鱼儿赶跑了。"小健侬脸红了，不作声了。

汉青和希云终于收到回信，得知弟弟一家人还好，父母前年先后过世。黄爸也早已离开人世。夫妇两人分别向县里和学校报告还乡之意，便于工作安排和交接。

他们考虑在巴东过最后一个新年，胜利后的第一个新年。

小县城张灯结彩，舞龙舞狮，可说是普天同庆。

毕竟七八年的时光不短，人生又有几个八年？这儿的老同事、好朋友到他们家里谈天，叙叙友谊。

时光说起来慢，好像时针不动一样，但当离别时，人心中又感觉确实太快了，转眼即逝。人生呢，就是这样子！

重庆到汉口的班船，民生公司的，早就开航了，水路交通十分方便。刚过完元宵佳节，汉青、希云计划将来在武汉工作。

一家三口乘班轮回乡。轮船在巴东港码头停好后，先下后上，三人不断回头并挥手。再见了，朋友们，再见了，巴东！班轮徐徐离开巴东港码头，沿途有三峡风光。

三峡里的瞿塘峡，在巫山上游。巫峡位于巫山与巴东之间。西陵峡位于秭归与宜昌之间。山高水窄，激流险滩是三峡的特征。轮船到秭归县境内，那儿是屈原的故乡。

航行中至兵书宝剑峡，传说它是诸葛亮存放兵书和宝剑的地方。再有牛肝马肺峡，是两个钟乳石，一个像牛肝，一个像马肺。还有灯影峡。南岸马牙山上，有四块岩石屹立，形似《西游记》里的唐僧、孙悟空、猪八戒和沙和尚。

轮船停靠汉口码头，他们带着行李上岸后，找到一家旅店住下来。到附近餐馆用餐。顺便到六渡桥三民路去走走。

次日，用完早点，夫妇两人一同去找市教育局人事科，带着学历证书和工作简历和其他证明文件。汉青请求在中学教书。希云请求在小学工作。

接待先生看了资料后说："现在胜利了，百废待兴。我向上面汇报，最后结果如何，再通知你们。请你们等待，时间大约一周。"汉青说：

"好，谢谢你的关心。"

不久教育局同意安排工作并发了聘书。骆汉青为中学老师，讲授历史课。吕希云为小学老师，讲授语文和音乐。时间从 1946 年 8 月 1 日起至 1949 年 7 月 31 日止，历时三年。一家人非常高兴，接着四处找房子，经多方打听，最后在离阅马场不远的长湖南村安居。居住安排好了，他们动身返回久别的故乡。

乘汉九班小客轮，三人到达骆家村。汉青见到久别的弟弟，兴奋万分，抱头痛哭。父母亲在抗日战争的几年中，先后离世。由于当时条件，垒成一个简陋坟堆，这次一定请石匠做一座三门石墓，永远怀念。弟弟前几年成家，儿子快两岁。相约在梅川工作的姐夫、姐姐来武穴团聚。两家人自巴东离别后，首次再重逢，畅谈别后的往事。

姐夫的父亲，曾是骆汉青的启蒙私塾老师。姐夫和他是私塾同学和挚友，一道去老师坟前扫墓，深表感恩之情。一起到岳父母墓前烧香还愿。

多少年了，没尝过家乡的风味，在有名气的饭馆，他们点了好几个地方特色菜：野鸭肉、卷煎、红烧鳜鱼、山粉圆子、鱼香肉丝、莲藕排骨汤等，痛痛快快地饱餐了一顿。晚上，慕云姐妹和两个孩子，四个人在一起谈笑，讲起阔别多年的有趣的故事，很愉快，很开心。

汉青和希云返乡后，健侬就留在自己父母身边。夫妇两人乘轮船返回武汉。

中小学新学年开始了。骆汉青老师讲授历史课。鼓励学生将来当科学家。

余季鲤送儿子健安到武汉读初中。夜晚四人在电影院，看了一部电影《渔光曲》。它是 1934 年由蔡楚生编剧和执导的影片。王人美、韩兰根等主演。是 20 世纪 30 年代的中国影片的代表作之一。影片由民国的著名电影人厉麟似等审定并推介，参加莫斯科国际电影节，荣获第九名，被誉为中国首部获得国际荣誉的电影。影片讲述了渔家子弟徐小猫、徐小猴和船王何家继承人子英之间的悲欢离合。折射出旧中国各阶层人民生活的飘零动荡。歌曲凄凉动人，催人泪下。安娥作词，任光作曲，聂耳演奏，王人美演唱。看完后让人深深体会到人间是多么不公平，渔民是多么苦。

过了三四天，又看了《一江春水向东流》上、下集。影片由蔡楚生、郑君里导演和编剧，白杨、陶金、舒绣文、上官云珠等主演。讲述了一个家庭在中国抗日战争巨变之时发生的悲欢离合的故事。张忠良的无情无义，寻花问柳，淑芬的善良，辛苦持家，反而被迫投江自尽的悲惨境遇。片中歌曲动人心弦，如泣如诉。

"月儿弯弯照九州，几家欢乐几家愁。几家团园饮美酒，几家流落在街头。"正如影片片名所说的，问君能有几多愁，恰似"一江春水向东流"。

季鲤返里。健安在武汉读书，节假时，常常前来看望姨父母，以示问候。

一个假日下午，一阵阵敲门声响了，健安连忙开门，问："你找谁呀？"答曰："我是蕲州骆家村的，找汉青伯伯。"

健安对姨父说："姨父，家乡的人找你呀！"

那位年轻人说："伯伯，我是骆家村骆凝康的儿子劲松呀！伯伯，你好哇！"

汉青凝神望了一会儿，说："啊！我想起来了。我回老家时，曾见过你的父亲。他现在好吗？"

劲松说："很不幸，前些日子过世了。"

汉青叹息着，说："你以后有空的时候经常来好了，同乡嘛！把这儿当作自己的家一样。今天，一块儿吃晚饭好了。"饭后，劲松休息一会儿便告辞了。

一天，汉青的老朋友李先生带着女儿淑清来玩。正好，下午三时，有一场电影《孤岛天堂》，叙述八年抗日战争时发生在"孤岛"的故事。电影散场后，正是晚饭时间，在饭馆，点了三菜一汤，味道挺好，休息一会儿，各自回家。

时间过去了个把月，劲松带了两罐蕲州油姜来看伯伯、伯母。神情困惑，半天没有吭声。

汉青问："劲松，怎么不说话呢？我们都是乡亲嘛。你实话实说吧。"
劲松艰难难开口，终于说："伯伯，自从父亲过世后，我原在读会计学校，失去了经济来源，马上就要辍学了。我想你老人家能不能接济我完成学业？毕业后工作了，定当如数奉还，好吗？"

汉青安慰地说："好啊！看在你父亲情面上，我们帮助你是应该的，也不要你还。"从此，汉青夫妇帮助劲松完成了学业。

劲松这个年轻人对伯伯、伯母很尊敬，又很勤快。时间久了，长辈便信任他了，汉青家要是去街上买什么东西，都是劲松自告奋勇地代劳。

日子长了，劲松和健安下象棋，对棋子，淑清在旁边观战，不言不语。劲松年龄大一点儿，健安小些，淑清最小。她小学毕业后，没有考上初中，暂时在家中帮妈妈做点儿家务。久而久之，劲松爱上了淑清。有一次，劲松很小声地说："伯妈，我看淑清既能干、勤快，脾气又温和，你看如何？"

伯妈说："可以。挺好的，我看你们俩都不错。嗯，支持你们嘛。"

汉青、希云结婚多年了。在巴东，正是抗日战争期间。有小孩固然好，没有小孩，反而更好，更方便些。如今，抗日战争胜利后，来武汉这么久了，没有怀孕就是一个大问题。这引起他们极大的重视。汉青陪着妻子上中医院看妇科。知名老中医望、闻、问、切后说："你的症状是肾气虚。月经不调，头昏耳鸣，腰酸腿软，精神疲倦。小便清长。舌淡。苔薄。脉沉细。要补肾益气。填精益髓。"

医生开了处方：人参，白术，茯苓，芍药（酒炒），川芎，炙甘草，当归，菟丝子（制），鹿角霜，杜仲（酒炒），川椒。

服中药已经很有时日，症状虽然好转不少，可是仍无法怀孕，看来不抱希望了。据当时条件，也只能如此。当时的医学不发达，没有今天的试管婴儿，青年男女中不孕的人可真不少！

汉青夫妇看了一场电影《夜半歌声》。

英俊潇洒的宋丹萍（金山饰）是一名话剧演员，他与地主的女儿李晓霞（胡萍饰）真心相爱，却遭到晓霞的父亲和恶霸汤俊的联合阻拦。插曲是被毁容的宋丹萍的《夜半歌声》：

> 空庭飞着流萤，高台走着狸猫。人儿伴着孤灯，梆儿敲着三更。风凄凄，雨淋淋，花乱落，叶飘零，在这漫漫的黑夜里，谁同我等待着天明？谁同我等待着天明？我形儿是鬼似的狰狞，心儿似铁石的坚贞。我只要一息尚存，誓和那封建的魔王抗争。

> 啊！姑娘，只有你的眼，能看破我的生平；只有你的心，能理解我的钟情。你是天生的月，我是月边的寒星；你是山上的树，我是树上的枯藤；你是池中的水，我是那水上的浮萍。不！姑娘，我愿意永做坟墓里的人，埋掉那世上的浮名。我愿意学那刑余的使臣，尽写出人间的不平。

> 啊！姑娘啊，天昏昏，地冥冥，用什么来表达我的愤怒？唯有那江涛的奔腾；用什么来慰你的寂寞？唯有这夜半歌声，唯有这夜半歌声。

和平环境里的生活是安定的、幸福的、愉快的。汉青夫妇更感觉到如今是多么的美好，每当春暖花开，阳春三月的假日，常常去风光如画的珞珈山一游。

珞珈山原名罗家山，现名是国立武汉大学首任文学院院长闻一多先生改的。珞是石头坚硬的意思，珈是古代妇女戴的头饰，珞珈和罗家二字同音，寓意当年在罗家山筚路蓝缕、劈山建校的艰难。

武汉大学地处东湖之滨，山光水色，交相辉映，房舍雅致。校园每年樱花盛开，花落缤纷，令人陶醉。

珞珈山顶上有一水塔，采用佛教宝塔形。塔下十数步，那是眺望东湖的最佳处，纵目远望，水天空阔，远山隐隐，帆影点点，让人物我两忘。抗日时期，珞珈山一度成为全国抗战中心。

武汉大学溯源于1893年，清末湖广总督张之洞奏请清政府，倡办的自强学堂，历次更名，自1928年定名为"国立武汉大学"。至后来，武大设文、法、理、工、农、医等学院。

校园内中西合璧的宫殿式建筑群，依山而建，宏伟壮观。漫步校园，乐而往返。走累了，坐下来喝点儿水，吃点儿点心。后来，两人在东湖之滨宽敞悠静的道路上散步，微风拂面，何其幸福！

劲松从会计学校毕业了。以优异的学习成绩，应聘于小学并任职。又在伯母居住地附近，租好房子，家具、结婚用品完全由伯伯、伯母操办。

远在家乡的老母亲原计划前来武昌参加儿子的婚礼。劲松却突然收到一封电报。电文："欣闻劲松、淑清两儿喜结良缘，满怀喜悦。唯吾疾突发，有病在身，暂不能来汉，祝永结同心。"劲松心里感到非常惋惜。但来日方长，他遥祝老人家尽早康复。

骆劲松、李淑清新婚典礼在宾馆礼堂中举行。仪式由小学校长主持。参加的有女方的父母和男方的伯父、伯母，还有健安及以及劲松的同学。仪式隆重和热闹。特请来乐队演奏婚礼乐曲，最后在"深深故乡的爱"的音乐声中结束。

第六章　最是仓皇离别日

1949 年南京解放，历史翻开新的一页。

全国局势的动荡，人心不稳，谣言四起，骆汉青夫妇不得不带着在汉读书的侄儿健安，会同在武汉工作的好友陈先生一家人，乘粤汉铁路火车从武昌前往广州避难。陈先生老家是四川省成都。

广州余祥安先生是骆汉青的好友，又是汉青的姐夫的同乡。余季鲤先生过去在给祥安介绍工作时，谈及他很有才华，又是同姓兄弟，常对别人说"祥安是自己的弟弟"，三者之间的关系，如同兄弟一般。因为祥安的房屋既大又宽，汉青一家人就暂时住下了。祥安夫妇热情招待。可是，物价飞涨，祥安用金圆券付款。原来一直是法币，怎么又变为金圆券呢？

解放战争爆发以后，国军军费急剧增加，引起财政赤字直线上升，大量发行法币，造成恶性通货膨胀，国民政府决定改发金圆券。为保证金圆券可靠发行，稳定民心，禁止私人持有黄金、白银、外汇，凡私人持有者，限期兑换。

1949年5月27日，上海完全解放。同年，5月底，武汉解放。它与北平不同，没有和平谈判的选项；与天津不同，没有战争选项。在周边解放军的强大军事压力下，国民党军队被迫仓皇撤退。

骆汉青的好友陈增辉、李秋菊夫妇和女儿美芳，一家人先去香港，转赴台湾。因为陈先生的亲戚在台湾，条件较好，汉青在等待他的信息。

在广州的日子里，汉青经常和好友祥安围坐，喝杯清茶，促膝谈心。汉青想着，根据目前国内战局来看，广州解放是肯定的，时间不会拖得太久。他邀约祥安夫妇一道去参观有历史意义的地方。

汉青、祥安两家人亲密无间，友情深远，经常在珠江边，漫步闲谈世界风云，国家大事。时局变化甚快，谁也不知道将来怎么样？

广州是海边城市，它是鸦片战争后，清政府王朝被迫签订丧权卖国条约的通商口岸。其主权掌握在外国人手中。它是洋人的天堂，富人的天堂，官僚买办的天堂，是穷人的地狱。社会反差太大了。

中国人民解放军第四野战军正浩浩荡荡地向南部城市广州挺进中。

广州形势危急。这一天凌晨，天还没有大亮，汉青收到来自台北陈先生的加急电报："已办好手续速来台湾。"

他想尽办法通过各种渠道购买去香港的船票。原计划买三张票，汉青、希云和健安，最后只买了一张票。时间极其紧张，时局极其动荡和混乱，夫妻两人毅然决定，汉青必须马上离开广州。希云和健安两人，以后再见机行事吧。汉青把这一艰难决定告知祥安。祥安说："只有如此，奈何？"

晚上七八点钟，天空晴朗少云，微风寒意，浮云飘来飘去，几点寒星，忽隐忽现，天上月亮好像在慢慢地爬行，寂寞的长巷，冷月清照，巷里路灯亮着，汉青夫妇神情凝重。

汉青说："希云，我走后，你要好好照顾自己和安儿。一定要他好好学习，因为科学知识是最重要的。"

希云说："我会好好照顾他的。当然，一定要将安儿培养成国家需要的科技人才，实现姐夫、姐姐临别的嘱托。"

"这次离别后，一切未可知。如果到那时能回乡探亲了，或者国家统一了，我一定立马回来看你和安儿。"汉青带着忧伤的神情诉说。

"嗯！"

"希云，你趁年龄较轻时，身边有个男人方便些，我劝你，如有合适的就再找一个吧！"汉青委婉言语中带着无奈的表情。

"汉青呀！不，我坚决不找。我今生有你了，任何情况下，决不找别人，世界上找不到第二个汉青了。"希云态度坚决，又满怀深情。

"希云呀！我同样认为你是我的唯一，最好、最知我的妻子。万一不幸，我病死在他乡台北，我会请友人在未来的日子，将骨灰带回大陆，永不分开，你我一起长眠在可爱的故乡高坡上。这也是我的肺腑之言，生不能同罗帐，只求死同坟。命运怎么这样苦啊！"汉青真诚地表白。

第二天下午4点就要上船了，时间很晚了，夫妇俩在拂面寒风中返回住处。这一夜，是多么难熬，度夜如年，睡得很晚，第二天起床也晚。早上随便吃了点早餐。中午时分，祥安夫妇为好友送行，在附近找了一家湖北餐馆，点了五菜一汤。五菜意味着吉祥。另加一汤，寓意六六大顺。愿亲人一路平安。两家人围坐在一起，共叙惜别之情。

下午，开船时间快到了，天空满是乌云，风有点儿冷，祥安夫妇也来码头送别。希云满脸愁容，流着伤心的泪送别亲爱的丈夫。

健安遥望姨父的身影说："姨父，再见！"轮船越来越远。

希云愁肠欲断，思绪万千，伏案提笔写了《别离歌》：

生别离，生别离，如今劳燕两分飞。

大海茫茫何处是？

天涯海角各东西。

台湾岛兮于东，汉阳峰兮于西。

曾记否？汉口江滩窃窃私语，曾记否？珞珈山上拥抱相依。

终日盼夫归！

但愿来生无战乱，梧桐树上筑巢栖。

——1949 年 9 月于广州

第七章　投亲靠友乎贵阳

广州解放了，形势明朗，人心自然稳定。

两周前，汉青经香港转赴台湾。三天前，希云接到一封电报，得知丈夫平安抵达台北，心中的一块石头落地了。前些日子，姐姐、姐夫写给广州祥安信中附言说余家的晓霞姑在贵阳做生意，并告知详细地址。后来，希云带着安儿告别祥安好友，买好车票，从广州乘粤汉铁路火车到衡阳，住了一夜，休息休息，再转乘长途汽车直达目的地贵阳。

家乡人困难的时候投亲靠友，因为晓霞姑的丈夫是做生意的，经济条件好一些。晓霞姑的父亲，足下无儿，余健安的父亲过继之，从族谱来说他们是非常亲的。晓霞姑是五房的，健安的父亲是三房的，健安称晓霞姑的母亲五奶奶。她老人家还健在，但老伴早过世了，一个独人仍在家乡养老，不愿意随女儿一道生活在异乡，外地生活不习惯。

经过长途颠簸后，希云在贵阳长途汽车站的附近找到一家旅社，先住下来，这已经黄昏时分，在房间好好地睡他一觉，恢复旅途中的疲劳。第二天，吃完早餐后，先后在两条小巷寻找租房，走呀走，问呀问，最后遇上一位热心的中年女性，答应将二楼小房出租，出于同情心和助人为乐，希云真是太感谢了！"人世间还是好人多。"同时，向房东询问，到花溪怎么走。

房东说："花溪不在市内，很远。距市区有 29 公里，乘郊区公汽去。"

"啊！原来，我认为是在市里呀。明天我们乘车去，在亲戚那住几天，再回来住，好吗？"

"好嘞！"

次日办好离旅店手续，希云携带安儿一道专程乘汽车去花溪投亲靠友。

"咚咚咚"，敲门声响了，一个少年把门打开，惊问："你找谁呀？"

健安说："我是湖北广济武穴镇附近余家垴的。来找晓霞姑啊！"

"请进，请进，妈妈，有家乡人来找你呀！"

晓霞立即从房里走了出来，欢迎客人。

健安亲热地喊："晓霞姑，晓霞姑！"

晓霞惊奇而又高兴地说："健安，看你现在长大，长这么高了，好多年没有见到你呀！"

健安一笑，低下头来。

希云和晓霞客气地互相交谈。晚饭前，一位魁伟的男人进回屋来，因为彼此从未见过面，根本不认识。晓霞起身，对丈夫说："这位是希云姐，她是慕云嫂嫂的亲妹妹。"

接着晓霞指着丈夫对健安说，"这是你的姑父。"

健安起身向姑父鞠了一躬说："姑父。"

两家人在一起，高兴地共进晚餐。

花溪，是多好听、多富有诗意的地名，"花影飘飘溪水流"。姑父一家人陪着希云和健安游览了花溪的青岩古镇。它原为明朝军事要塞，设计精巧，工艺精湛的明清古建筑，交错密布。该镇布局是寺庙，楼阁，画栋雕梁，飞角重檐相间，如爬上镇边的山坡上，眺望远似一幅立体的山水画。古建筑中象鼻木雕，房前挑檐坊，象鼻形是力量的体现。在朝门和大门前，青石板上雕刻着蝙蝠、古钱、鲤鱼等图案。重檐是为适应天气多变，下雨时能保证继续营业，双檐好处甚多。窗雕图案有龙、凤、狮、象、石榴、葫芦、葵花等。

中午了，大家都吃美食吧，青岩卤猪脚，又名状元蹄。

制作卤猪脚，需选用农家饲养一年左右猪的猪蹄，取十余种名贵中药入味，客人吃时再辅以青岩特产双花醋调制蘸汁，入口肥而不腻，糯香滋润，酸辣完美。凡品尝过的人，无不赞不绝口。

豆腐圆子也是很有特色的，先将豆腐捏成圆球状，再裹上面粉做成，在油锅里微微地一炸，出锅黄灿灿的，趁热蘸点贵州特有的沾水，再整个放进嘴里，外脆内软，甜中带辣，大家都说："好吃，好吃，真是好吃！"

多年不曾见面，亲人们相聚在异乡，感慨良多。

姑父名灿金，表兄叫光华，比健安年龄稍大一点，在读中学，住读生。

此时正是假期中，光华陪着表弟到镇上玩去了。

晓霞陪着希云谈心，说起尘封多年的往事。

晓霞祝："当年那个辛酸的日子，父亲把我许配一户人家，连一次面都没有见过，那个男人有一天带来了一帮人抢亲，我就被抢去了。对方要强行圆房，我不肯，关了三天，趁防备不严时，快速跑掉了，我和心爱的男人一道私奔到汉口。男人在一个商店帮老板打理生意，老板很欣赏他的商业才华，后来随老板一起到了贵州。人生的命运就是这样安排的。"

希云说："真幸运！你很坚强，有勇气，很令人佩服啊。"

离开花溪返贵阳市区时，晓霞姑一家到汽车站送别。晓霞对希云说："等一段时间，我们一定去贵阳看看你们。"汽车启动了，健安连连招手说："姑父、姑姑、表哥再见！"

房东的住房是青砖瓦屋，位于小巷子的中段，小巷宽两米多，道路是青石板铺成的。巷子总共二盏路灯，一头一尾。巷子较偏僻安静，行人不多。姨妈和健安两人住在二楼楼上临巷的房间。楼板和楼梯都是杉木做的。瓦上嵌有亮瓦，采光之用。窗户临巷开的。房内搁着单人棕床，是买的一套，含棕绷子和两端床架。另外又买一扇床板和两条木凳构成硬木板床。两个床铺垫的盖的都配齐了。两床中间摆一张小桌子，一把小椅子，桌子上放闹钟、镜子和热水瓶和煤油灯，摆设就是如此简单实用。厨房在楼下，在最后边，在高家厨房中占一小点地方，或者说共享，那儿也是用餐的地方。炉子是烧煤球的。屋内没有厕所，在巷外边使用公共厕所，它是在离房屋较近的后面。

健安拿着成绩单和原学校的证明去找贵阳三中校长，要求插班就读。校办答应要征询教务长的意见，三天后来问结果。后来，校方因余健安成绩很好准予其插班，并规定带相片两张办理相关手续，这样健安成了三中的走读学生。课程是政治、语文、英语、社会发展简史、平面几何、历史、地理。

上课时，健安听老师讲社会发展简史。谈到人的发展过程是从低级至高级，从简单劳动到复杂劳动。第一次听到这样的理论，感到很新鲜，很稀奇。这里，科学的论断，是有重要意义的。

有一次，贵阳市市属中学，集合在广场听报告。由市委宣传部长做目前形势报告，讲解中国人民解放军向海南岛进军的政治意义。

听完报告后。同学们内心都希望海南岛早日回到人民手中。

房东高师傅是汽车司机，跑长途货车的。那时贵州几乎没有火车，汽车运输是重要的。高师傅很辛苦，爱人是家庭妇女，又有三个儿子，年龄义小，且相差不大，全家生活负担很沉重。

希云向高家交房租时说："高嫂，你孩子又多，靠高师傅一人养家糊口，的确不容易，除了交房租外，我支援你，帮助你一下，另赠送一些钱给你，凑在一块儿买一台上海造的缝纫机，帮人家做衣服以补家用，如何？"

高嫂说："好，谢谢您了，这是个好办法。"

希云说："缝纫机操作，是可以慢慢学会的。你叫高师傅去街上看看，千万莫买错了，那是上海产的。牌子很有名。"

高嫂说："我记住了，真是太感谢你了，你为人善良，我从来没有碰到过像你这样的好心肠的人呀！"

希云说："不客气，世间的人总是要互相照顾，互相帮助的。"

时间久了，彼此了解较多，他们逐渐成了好邻居、好朋友了。这样，健安以后喊高伯伯、高妈妈。

巷口处的大街上是一家酱园商店，经营蚕豆辣酱、各种贵州地方风味酱菜、酱油、豆腐乳、花溪陈醋等。一天，希云路过该酱园，购买蚕豆酱，很好吃，很下饭，见一位中年妇女坐在柜台里说："买一瓶蚕豆酱，我吃过好几瓶，味道鲜美。"同时小声说，"我们老家也是干这行的。"

"你老家在哪儿？"女掌柜惊奇地说。

"在湖北。"希云认真地回答。

"你怎么到这儿来的？"

"我侄儿的姑姑在这儿。"

"是在贵阳吗？"

"不，是在花溪。"

"你的令尊令堂是干这一行的吗？"

"是养父养母，他们对我是真好。好多年了，说起来话长，母亲生我才三个月，亲生父亲过世了。我有一个比我大几岁的姐姐，黄家父母善良，抱养我，培养我恩重如山。我深知制作味道鲜美的蚕豆辣酱是很辛苦的，很有学问的。大嫂，秋天的时候，我看见你没有穿毛衣，你不冷吗？"

"市面上那时没有毛衣买呀，我又不会织。"

"如果你愿意的话，买好毛线后，我帮你打。我住在巷子里的汽车司机高师傅家的楼上。"

"好，我把毛线买好了，去高家找你。"

"没有问题的。信任是最重要的，经常来往，人就慢慢熟了。"

凡是热情地帮助别人的，也一定会得到别人的帮助。

晓霞夫妇从花溪来贵阳，看望希云姐顺便了解一下健安的情况。因为从家谱中的"亲生"和"过继"角度看，两者是相同的。健安就是晓霞的亲侄儿。他正在学校里上课，当然就没有机会见到姑父、姑姑。晓霞在贵阳买了两套衣服和一支比较贵重的"关勒铭"金笔送给侄儿，另外给了些生活费，代表姑姑、姑父的一份心意。以后，她还会经常来帮助侄儿。

过了一些日子，毛衣编织好了，希云将毛衣送给那位酱园的大嫂。

希云考虑到自己是做教师工作的，先后在家乡、外地巴东和武汉工作过。按理说，她在贵阳找个小学教师工作也是可以的。但随着年龄大些，说话太多就头昏、不舒服，担任小学教师工作，身体不适应，真是心有余而力不足。

希云说："大嫂，毛衣织好了，你穿穿看，看合适不？不满意的话再修改，直到合适为止。"

大嫂连忙试穿后说："很好看，很合身，多少工钱？"

"说帮忙，就是帮忙，不用任何费用。"

"不，那怎么好？"

希云沉思了一会儿说："我想代客编织毛衣维持生计，做个小广告牌放在你店门口，招揽业务，请你关照关照好吗？"

"那很好嘛！我会尽力帮助的。"

"真是很感谢你的照顾。"

希云随手递给大嫂一小广告牌。其上写着："代客编织毛衣。式样花色优美，收费合理，经济困难者酌情减免。"

贵阳这座城市，北面两里路有座贵山，蜀道所经之地，名曰贵人峰，人们就将城市定名贵阳。古时战国时代，属夜郎国范围，很多人都知道成语"夜郎自大"。夜郎国在哪里？怎么回事儿？说是公元前120年，汉武帝为寻找通往印度的通道，曾遣使者到达今天云南的滇国。其间，滇王问汉使："汉与我谁大？"后来，汉使路经夜郎，夜郎国君也提出同样的问题。因此，人们便以之喻狂妄无知、自负自大，贻笑天下。

它地处云贵高原，夏天无酷暑，用现代人的说法是避暑之乡。武汉是长江三大火炉——重庆、武汉和南京之一。每年夏天热得很的时候，人们把床搬到露天处睡觉，有的男人打赤膊，马路边一个床挨着一个床，一个铺板挨着一个铺板。有时，汗流如雨，简直喘不过气来，酷暑难熬。可是，贵阳晚上睡觉还要盖薄毯子，多舒服啊！贵阳市附近，有许多小山和丘陵。飞机从空中降落时，乘客从窗户俯视大地，地无三里平，看起来好像许多小馒头一样，煞是有趣。如果长居平原的人，看到更是很稀奇的。

希云和安儿一道走在大街上，经常看到少数民族行人，在武汉完全见不到，很稀奇。

希云为了招揽编织毛线衣的活路，除了在巷口大街上那家酱园放置一块小广告牌外，也在巷里高师傅家门口的右上方固定了一个小的广告牌。

有一天，酱园大嫂介绍一位女士来定制毛衣。

"咚咚咚咚"，叩门声。高妈妈开门问："你找谁？"

答曰："找织毛衣的吕女士。"

希云听有人找，连忙下楼说："请上楼坐坐，你要求什么式样呀？"

"要麻花。"

"要开衫还是头钻呢？"

"要对开的。"

"要不要口袋？"

"要口袋。"

"长袖还是短袖？"

"长袖。"

"领子呢？"

"圆领。"

"请您买好 26 支 8020 羊绒毛线……"希云替顾客量完尺寸，礼貌地说。

"多少天能织好？"

"十天。"

"价格？"

"按市场价九折优惠。"

"我过两天，买好了送来。"

"好。"

希云下楼送走顾客。

两天后，顾客按照要求将毛线送来。

高妈妈的缝纫机的声音"吓吓吓吓吓"地响着，希云说："高妈妈，这两天没有见到高师傅，他到哪儿去了？"

"到衡阳去了。"

"你的活儿多吗？"

"帮别人做衣服，顾客不少，贴补了家用，我的情况比原来改善多了。

得亏你当时赞助我买台缝纫机，你的想法真正好呀！"高妈妈感慨地细说着。

"不客气，应该的，人们总是要守望相助的。同船过渡，前世所修，我们是好邻居，也是缘分。"

这一天星期日，健安在家里做作业和复习功课。希云提着菜篮子，到菜场去买菜，过小巷进大街，到菜场买青菜、南瓜。冬瓜、豆腐、买条鳜鱼、新鲜猪肉和姜等，他们适当地改善一下生活嘛，因为孩子读书，很辛苦，好久没开荤了。健安在学校里读书。

有一个周末，姨侄二人，用完晚饭，谈起心来。健安对姨妈说："前些日子老师讲课，讲解朱自清先生《背影》一文，我同样思念父亲，分别时留下令人难忘怀的背影。"

姨妈说："安儿，父子情深，你非常怀念父亲呀！等将来一切安定了，父子会有团聚的一天。暂时别，又何妨！"1951年，健安读初三了。学校报栏出了"西藏和平解放"的消息。

希云收到一封信，是从花溪寄来的，得知晓霞姑病了。晓霞姑身体差多了，头昏脑涨，一直在服药治疗。长期来说，医药费肯定是很大的负担。希云趁健安星期日的休息时间，买了两斤桂圆肉，携侄儿去花溪看望。

眼看，健安初中马上就要毕业了。到底是考高中还是中专呢？根据具体的现实情况，他最后确定报考农校。学杂费、生活费全免，学制三年，重要的课程有植物学、生物化学、植物生理学、遗传字、土壤学、农业生态学、园艺植物育种学、园艺植物栽培学、园艺植物病虫害学、园艺产品贮藏加工、农业气象学、微生物与植物病原等。

健安刻苦用功，努力钻研，善于总结，完成初中学业，并以优秀成绩考入省农校。在学习中，他特别爱好和钻研孟德尔遗传理论，获益良多。

孟德尔遗传学的重大发现，拉开了19世纪人类解开遗传之谜的序幕。19世纪五六十年代，奥地利牧师、业余科学家孟德尔，在捷克的一所修道院里，对豌豆观察了研究了八年，从而发现了生物遗传的规律。后来，人们尊称他为遗传学之父。

健安在农校刻苦用功，学习了许多内容。历经三载时光，以优异的成绩毕业。

第八章　光华号海轮远航

那是 1949 年 9 月底，离别了妻子和侄儿，离别了老友，汉青乘轮船前往目的地香港。轮船在珠江中航行。因为江中有三个礁石，长期经江水冲刷，久而久之，冲磨成圆球，状似珍珠，这就是珠江的由来。

旅客中有人看见貌似炮台的地方，高声喊道："快看，左前方是虎门炮台吧？！"离那儿越来越近，仔细一看，是呀。汉青凝神望去，低声说："这是虎门炮台。"

想当年，鸦片输入，烟毒泛滥，不仅给中国人造成了精神、肉体上的损害，也破坏了社会生产力，造成东南沿海地区的工商业萧条和衰落。林则徐上奏道光皇帝，阐述鸦片之毒害，强制从英国驻广州"十三行"商务总监义律等烟贩手中，缴获了大量鸦片，随后在虎门海滩当众销毁，一直延续 20 多天。林则徐被称为民族英雄。

林则徐销烟，一般人认为放火烧之，简单，成本低。他不愿用此法，因为会造成大量烟雾迷漫，空气污染严重，影响环境。于是派人在虎门海滩地高处，挖了两个长宽各五十丈的大池，池壁有涵洞，与大海相通，他率领广东大小官员前来监督收缴的鸦片，一箱箱鸦片投入浸满海水的大池中，再倒上海盐和生石灰，顿时池水沸腾，鸦片化作灰烬。成千上万围观的群众，发出欢呼声，直到销毁完毕。英帝国利益大受损失，遂发动侵略战争，清军败退。清帝道光无能，气急败坏，将"替罪羊"林则徐发配到新疆伊犁，幻想平息战事。但英国以林则徐销烟为借口，派舰船近 50 艘，陆军近 4000 人入侵中国。林则徐早有先见之明，严防死守，炮台火力很猛，清军取得了为数不多的胜利。但英军却同时沿海岸线北上，攻占了福建的定海，继续北上，抵达天津，使战争形势急转直下，谈判不成，英国诉诸武力。1941 年元月，英军再向虎门发起进攻，大角失守后，部分将士突围到沙角炮台抵抗，浴血奋战，因寡不敌众，弹尽无援，大部分将士壮烈牺牲。沙角炮台，也遭英军破坏。

客轮快要到珠江口，前方就是伶仃洋。

汉青回忆起宋代文天祥的诗篇。文天祥是民族英雄。自知会被清军处死，却视死如归。

到香港后，在等待香港到台中海轮的日子里，汉青询问当地人，了解香港真实的情况。后来，走到中环惠灵顿与鸭巴甸街的交叉口，有一个挂着霓虹灯牌子的粤式茶楼——莲香楼。

它的前身是一间在广州西关的婚庆饼店糕酥馆，原名连香楼。因用莲蓉作酥饼的原料，大受顾客欢迎。1910 年，一名叫作陈如岳的翰林学士，品尝了酥饼后，提议在连上加草字头，自此易名为莲香楼。该楼有九位老板，是较有规模的股份企业，发展到十余家分店，大堂布置尽显古色古香的韵味。

为迎合茶市，饼铺还出售莲香楼专属茶盅、茶杯和茶叶礼盒。

茶盅泡茶，保证水滚茶靓的特色，不少游客慕名前来。莲香楼食品有糯米鸡、大包、莲蓉淡黄包、奶黄千层糕、包裹糖浆的现炸蛋散、鲜虾烧麦等。

汉青点了白饭鱼煎蛋和生煎莲藕饼，很有味道。他想日后有机会来香港时，一定会再来光顾。

他在船码头附近的旅馆住下来了。服务员态度很和气，并帮助旅客，熟悉环境，回答旅客提出的问话。墙上还张贴着介绍香港名胜古迹和交通信息的告示。旅客按说明就可考虑去哪里参观游览，特别是第一次到这里来的外地人，更是感到机会难得。

汉青独自一人去看维多利亚港。它位于香港岛和九龙半岛之间。港名来自维多利亚女王。维港一年四季皆可自由进出，港阔水深，早已被英国人看中作为优良港口。它景色迷人，每天日出日落，繁忙的渡海小轮穿梭于南北两岸之间。渔船、游轮、观光船，还有万吨巨轮和鸣放的汽笛声，交织出一幅美妙的海上繁华图景。港区海底多为岩石芯底，泥沙少，航行无淤积，是良好的避风港。

汉青正漫步徘徊在海港岸边的路上。日暖风和，遇见一长者，忙上前搭话。

汉青问："老先生，你好！到天后庙怎么走？"

老者说："很远呀。它在铜锣湾那边。"

"老先生，听口音带一点武汉腔，乡音未改，你老来香港多久了？"汉青惊问。

"武汉来的，快十年了！"

"老先生，谢谢您，再见了！"

"嗯，拜拜。"

根据老者的指点，汉青独自一人去"天后庙"。它位于铜锣湾天后庙道十号，始建于清初，由戴仕蕃建造，当时称之为盐船湾红香炉庙。业权至今，仍为戴氏族人，该庙为戴氏福堂有限公司所拥有。主祀的神灵是天后娘娘妈祖，另祀观音菩萨、财神爷和包公。古代传说有一个红香炉被水冲到现在的铜锣湾，当地渔民和乡邻都认为是天后娘娘显灵，就在该处建一小庙，用这个红香炉上香奉祀，庙就发展起来了。故此庙所在地改称"红香炉山"。冲来红香炉的港口称为"红香炉港"，后泛指"香港"。

汉青赫然悟出，这就是香港名称的由来。

天后庙是渔民的信仰中心。每年农历三月二十三，天后宝诞都举办庙会，一连五天在庙前广场演神功戏，以及舞龙、舞狮。

传说，宋元祐丙寅年（1086），莆田宁海有一大土墩，其上常于夜间发光，乡人不知其故，有个渔夫疑为异宝，走出一看，发现是水漂的一根枯木，将其抬回家。次日，枯木又自回原处。墩旁所有的人都做同一个梦。有人在梦里说："我是湄洲神女妈祖。枯槎是我所凭附。你们在墩上为我盖庙，我会为你们赐福的。"众乡村父老感到奇异，向制翰李公报告，李公说："此神所栖也，我听说梅州有神姑已久，今灵光昭然，必为我乡之福。"遂发动群众，募捐资金，兴建庙宇，号"圣墩庙"，这就是妈祖天后庙的来由。

汉青前些时在广州，听朋友说香港的"黄大仙庙"很有名气，签很灵验，就去看。它位于九龙，整个殿堂，金碧辉煌，建筑宏伟。

据明朝万历年间，京华府记记载：黄大仙原名黄初平，是东晋浙江金华溪人。公元328年，生于一个贫困的家庭。他8岁牧羊于赤松山上，15岁上山牧羊时，道士善卜，见初平有异相，就带初平到金华赤松山修炼了40年，最后得道成仙，因此称其为赤松仙子。后来，其兄黄初起去寻找他，兄弟相见，初起问："羊在哪儿？"初平大声叱之："羊起。"满山坡的白石，立刻变成了羊。

大门上的对联是：

叱羊传晋代
骑鹤到南天

黄大仙是相当出名的。当年他云游四海，治病救人，济世扶危，功德家喻户晓，受到广大人民的拥戴，纷纷立祠尊奉他。

该处是"狮子驮铃"，山形地势，坐落庄严，左右山峦，防护周密。前面三台案峰，峰峰回顾，风景优美，化气开面，钟灵毓秀，四方山峰朝拱，绿水汇聚于前，所谓"日进金钱夜进宝"。窗藏聚气，穴口天生，坐落在天心，大仙位其间，一若君王坐殿，何其伟哉！

善者可于正殿旁取得签筒，内有一百支竹枝，分别编上一至一百之数，你问一事，以摇签至其中一竹签跌出为止，看其数字作取签纸，签纸上之经文，即为大仙之回应。而庙祠旁的两层建筑物，则是解答之地。其内有很多专业的付费的服务，工作人员善待信众，热情耐心。

汉青笃信黄大仙，愿人世间不再有战祸，殃及无辜。

光华轮按时离开香港码头，朝着台中港方向驶去。汉青站在海轮过道上，两眼望着香港街区，心里说不出的心酸。离大陆越来越远啦，离妻子、侄儿也越发遥远。苍天呐！以后还能不能相见？难道只有在梦中相聚吗？

海轮继续前行，街区看不见了，高高耸立的大帽山，最后也消失了！汉青不舍地回到自己的舱位中休息。光华号海轮是一艘客货班轮，航行于台中港与香港港口之间。甲板上有五层客舱，各层有许多小间，每间有四个铺位，轮船每层客房两排，中间有通道，客房外侧有通道，乘客可遥望远方，观赏海上风光，设有餐厅、卫生和娱乐设施，另配备足够的救生、消防和通讯设备。

由于在大海中航行，颠簸摇晃厉害，轮船备有呕吐袋。过道装有扶手。当然轮船照明是自备的发电机供给的。乘客起初不太适应，但慢慢地会习惯的。

汉青的客舱内，住有从南京来的苏先生夫妇，还有一位来自九江的刘先生，共四人。香港位于南海北端，属于南海海域。台湾台中属于东海海域。

南海岛礁处，都是中国自古至今的传统渔场，是中国渔民赖以生计的地方。人们自制简易海图，以备应用。

清代中国政府将海南岛诸岛分为四大群岛，行使行政管理。二战后。1946年10月。中国海军在上海成立"前进舰队"，前往西沙群岛、南沙群岛接管主权。接收人员分乘太平、永兴、中建、中业四舰前往。其中太平、永兴两舰赴南沙，而中建、中业两舰赴西沙。在此接收行动中，民国政府在太平岛设立了南沙群岛管理处，隶属于广东省政府管辖。从历史角度看，南沙群岛在历史上为中国人最早发现、命名、管理。据国际法，主权应属中国。

这次航行，基本上算是航海。

有趣的是，19世纪北欧著名的航海家弗勒基，总是在船上，装一笼乌鸦。当觉得船靠近陆地时，就放飞笼中的鸟，如漫无目的地飞翔，说明离陆地很远，如向某个特定方向飞去，船就顺乌鸦飞去的方向航行，那儿就是陆地。后来发现了纬度航行法有效，确定经度就非常困难。著名的航海家哥伦布西行，他自认为先南下到了与印度相同的纬度后，再直线向西就可以到达印度。可实际上却到达加勒比海巴哈马群岛的一个小岛。尽管他临死的时候都在坚称自己到的是印度。

海图是航海者最重要的工具。它不同于文字描述，而是精确直观的定位（如岸形、岛屿、礁石、助航标志、水深点、危险物等等）。

后来人们开始使用航海罗盘，很好地解决了海上航行的方向问题。中国人发明的指南针，对人类的航行贡献巨大。

轮船沿大陆海岸线向东航行，船员告诉汉青说："前左方，隐隐约约的，就是广东汕尾。距离它260海里的南边，就是东沙岛。海水茫茫，太远了看不见。"

"啊，东沙岛，二战日本投降后，一直有国军据守。"汉青高兴地说。

餐厅的膳食，一日三餐。和广州、香港口味差不多，他们倒也习惯。

海上航行生活，就非常单调。大家都在休息，都是在床铺上靠墙壁坐着。汉青微笑问："你贵姓？你是从哪儿来的？"

"姓苏，是从南京来的。"

"你旁边的那位女士，是同行吗？"

"是我的太太。"

"那太好了。"汉青羡慕地说。

汉青又问另一位先生："你贵姓，哪儿来？"

"我姓刘，是从江西九江来的。"室友相互客气一番！

同一个舱室，同一个目的，同一个心情，同一的命运。"同是天涯沦落人，相逢何必曾相识。"

夕阳西下，天色渐渐黑了。轮船乘客的喧声也慢慢停息了。再过一会儿，有几片浮云飘忽着，一轮皎洁的圆月，从东偏南的海面上升起，应该是农历十五六吧。

汉青喊同舱的室友说："快来看呐，太好看了！"

苏先生夫妇和刘先生，立即起身到舱外欣赏。"海上生明月，天涯共此时。"大家感慨万千。

夜深了，渐渐进入梦乡。汉青一觉睡来，快6点多了。舱室门上的玻璃窗是透明的，看见天色蒙蒙亮，便穿衣起床，到外面看看。不多一会儿工夫，太阳逐渐从海面上慢慢地爬起来，先是出了一点点，接着是半个，再往上就是一个大太阳，特别有意思。汉青又高兴地喊室友，让大家都来欣赏这海上日出的美景。

随后在舱内水池处漱口、洗脸，去餐厅吃早点。回舱位后，泡杯茶，润润喉咙，他们相互交谈起来。

汉青问："苏先生，你南京还有人吗？"

苏说："这次我们是夫妇二人赴台湾的，因孩子太小，行动不便，就留给爷爷奶奶带。我的哥哥，在台湾那边工作，叫我们去。骆先生，怎么你一个人去台湾？"

汉青说："在大陆有我的妻子，还有我妻子的姐夫一家人。本来我是带妻子、侄儿一起到台湾的，结果因票太紧张，原来计划三张，最后只买到一张票。我一个好朋友在台湾，来电报约我的。"

汉青问："刘先生，你呢？"

刘说："我原来规划夫妇两人一道去台湾的。太太和我都已经到达广州了，结果船票也是只买到一张，她送我离开广州后，一人回九江老家，同时身怀有孕。现实就是这样，无情残酷，奈何！我的叔叔在那边。"

光华轮继续在海浪中穿行。远远望去，隐隐看见台湾岛，他们心情格外地激动。

同舱室友说："同船过渡，前世所修。"在光华轮上的日子，都倍感珍惜。将要分别的时刻，大家都留下各自的姓名和通讯地址，以便联系。

"呜呜呜呜"，光华轮到港的汽笛声响了。码头上的人很多，声音嘈杂。

同舱室的苏先生夫妇、刘先生和汉青都带着行李，不慌不忙下了船，在码头出口处，大家礼貌地握手话别。

第九章　姊妹情深

慕云收到来自贵阳妹妹希云的电报："乘 36 次 6 号车厢明日到武昌。"按列车时刻表，那是 1963 年 9 月 30 日下午两点五十六分。慕云告知女儿、女婿按时接车。车站广播喇叭说："贵阳到武昌直达列车还有十分钟，马上到站了，终点站。"健侬夫妇买好站台票。进站后，走到列车停靠站的站台。列车平稳停好，女列车员打开车厢门，乘客有序下车。希云提着小件行李跟着下车。

健侬说："姨妈，我和茂森一道来接你。我妈在家等你。"

茂森微笑地点头。"哦！好，你是桂珍妹的儿子。你妈是我童年时代的好友。"

大家非常激动，亲人们的相聚是何等的快乐。他们走出车站，搭乘公共汽车到武昌大成路黄鹤楼道站下车，走不远，就要到家了。慕云站在家门口，望着来往的行人，期盼着多年不见的妹妹的归来。

今朝见到亲妹妹，两人相拥而泣，激动得说不出话来。

本来失去了联系，分别已十几年。因为历史的原因，和许多人一样，彼此都不知道亲人在哪里。"月是故乡明，人是故乡亲。"千变万变，不变的是故乡。后来希云给姐姐故乡武穴附近余家垸写信，终于和姐姐联系上了。从此，姊妹俩保持书信往来。

希云返回武汉，说起来很巧，第二天就是国庆，过后是中秋佳节，夜晚月儿高挂在长空，天上的星光闪烁，仿佛是祝愿她们姐妹久别重逢。

姊妹俩和女儿女婿全家人，团聚在一起，喝喝茶，吃吃家乡的月饼，谈谈过去有趣的往事。

希云的侄儿健安在安顺果木场工作。是农校毕业后分配去的，好几年了，他能吃苦，工作十分出色。农场工作人员很多，他们是解放大军南下贵州后留在当地的。有位姜先生，青岛人，妻子是安顺当地人，育有三子两女。长女在农场小学当教师，人人夸，健安和小姜喜结连理。他们从相识到相知，从相知到相恋，一切顺其自然。两人拿着户口本到民政部门办理结婚手续，领取结婚证。那个时代，结婚证是政府部门专门印刷的，填写两个人的姓名、年龄和籍贯，然后盖上民政部门的公章，就办妥了。仪式也是非常简单，不像21世纪初期结婚那样豪华，讲排场。在农场礼堂里，典礼仪式由农场场长主持。新郎新娘穿着新衣，并排鞠躬。然后大家分吃喜糖、花生等。

亲人们在一起欢庆三天。希云随后返回贵阳。侄儿的终身大事办好了，没有什么牵挂，一个人在贵阳生活，倍感孤单，于是她决心离开贵阳回武汉生活。姊妹二人相依为命，万分珍惜每一天。

姐姐的房间不大，仅放一床、一桌，两把椅子。厨房在大屋后院的过道旁，几乎是半露天。后来在附近，希云也租了间住室，两地很近，相互照应也方便。为什么选择这个地方居住哩？原因是慕云曾在附近的小学当老师。离医院也近，很方便。离长江、黄鹤楼都近。

武汉解放后，季鲤在中学里教语文。慕云在小学里教算术。工作不错，生活也好，一切顺利。夫妇俩有时到江边散散步，有时到黄鹤楼游览，有时到附近蛇山上欣赏美丽的山花。后来季鲤发现头晕，人打不起精神来，吃点药似乎好一点。忽然有一天，病倒在家里，送到医院急诊室，经医生紧急抢救，还是过世了，永远离开了亲人。根据他的临终嘱托，将骨灰送往家乡，葬在父母墓地的旁边，在天堂和亲爱的父母双亲在一起。慕云的教学水平很好，对学生很耐心，教学有方。后因身体差，讲课太累，无法坚持教学，医院证明，办理了病退手续，提前退休。

在一个静夜，姊妹俩促膝谈心。慕云怜爱地说："从贵阳到武汉路途遥远，在火车上睡了一夜，你休息好了吗？"

希云说："刚开始，火车运行既有噪音又有震动，而且中途站上下车人多，产生一些影响，逐渐适应后，自然就睡着了。车厢里灯光变暗，也就是睡眠灯吧。姐，你身体还好吗？"

"还算行吧，你身体如何？脸还是从前的样子，看起来有点儿瘦。汉青有消息吗？一转眼十几年了！"慕云说。

"没有呀，至今没有任何联系，不知道他到台湾没有。到底人在何方。"

"慢慢等吧！苍天不负有心人，也许会有奇迹发生。"

慕云回忆说："你姐夫在世的时候，那是我们曾有过的最幸福的时光。相伴到上海，游览繁华都市，车水马龙，热闹喧哗，南京东路商店林立。'夜上海，夜上海，你是个不夜城。'我们买一台留声机，手摇弹簧式，又买了几张百代唱片公司的唱片。有周璇的《四季歌》《天涯歌女》，龚秋霞的《秋水伊人》，还有好笑的'来了个大臭虫'。往事如烟，回想起来，还是有一番韵味。"

希云说："汉青和我在蜜月里男女合唱《花好月圆》，在汉口江滩，珞珈山上相拥相依的日子。这一切，很有可能今生难相再啊。"

慕云说："原来女儿健侬的孩子是我带的。现在在他爸爸单位幼儿园就读，我这边就轻松了。妹妹，过去你带着健安，培养他完成学业，走上工作岗位，又成了家，当时够辛苦你的。难为你了。如今大功告成，我们姊妹可要好好地过过休闲的生活，吃点好吃的，玩点好玩的，不辜负'夕阳红遍彩云间'的时光。"

希云说："姐，是的，我也有这个意思。"

相约到彭刘杨路"大中华酒楼"去尝尝"武昌鱼"的滋味，姊妹俩一起点着菜。一个小炒肉丝、武昌鱼和青菜豆腐汤，香米饭，荤素搭配，营养丰富。

武昌鱼属于优质蛋白质，鱼肉肌纤维较短，组织结构松散，消化吸收利用率高。鱼皮、鱼鳞中含丰富的胶原蛋白，具有独特的功能。鱼汤极其鲜美。这里说的武昌，可不是武汉三镇的武昌，而是鄂城南几十里许的武昌山。三国时期的孙权早期定都武昌。尽情享受武昌鱼后，用它来赏赐功臣。可见历史悠久，名不虚传。

饭后去武昌电影院。姊妹俩观看《马路天使》。

这部影片是20世纪30年代的剧情片。由袁牧之执导，赵丹、周璇、魏鹤龄等主演。由于历史的原因，早年她们没有机会看到，这次是很难得的机会。

影片以现实主义的创造手法，深切的人文主义的关怀，通过小人物的悲喜遭遇，表现了那个年代都市下层人民的苦难生活。赵丹，是音乐队的吹鼓手，机灵诙谐，与小红两情相悦，经常临窗以歌声和琴声传情。后来，在弟兄们的帮助下，偷偷把小红救出来，真的是"小妹妹唱歌郎奏琴呀，咱们两人一条心"。小红在茶楼酒馆卖唱，天真无邪，整天过着不堪忍受的苦难生活。卖报老王，老实善良，从报纸上撕下一个逃字，递给吹鼓手陈少平，两者一起救出了天涯歌女小红。小红的姐姐小云，因家乡沦陷，同时从北方向南逃难，姊妹俩流落到上海。小云被迫为鸨母卖笑赚钱，身心遭到极大摧残。怜爱她的老王，去请医生诊救，终因钱不够，医生也不来了，可怜的小云，因流血过多含恨而死。旧社会是多么的不平！特别影片中，周璇唱的两首歌，影响深远。

如这首《四季歌》：

> 春节到来绿满窗，大姑娘窗下绣鸳鸯。忽然一阵无情棒，打得鸳鸯各一方。
>
> 夏季到来柳丝长，大姑娘漂泊到长江。江南江北风光好，怎及青纱起高粱。
>
> 秋季到来荷花香，大姑娘夜夜梦家乡。醒来不见爹娘面，只见床前明月光。
>
> 冬季到来雪茫茫，寒衣做好送情郎。血肉做成长城长，奴本是当年的小孟姜。

姐妹俩有共同的爱好、兴趣，有时高兴地合唱《天涯歌女》。

这首歌，词写得真实。漂泊异乡的歌女，对家乡的深情思念，对美好生活的向往，对青春年华的无比珍惜，是情投意合恩爱夫妻的追求。会引起自己对过去美好青春的回忆，往事如在昨天。

当年拍摄影片时，周璇只有 16 岁。拍戏的时候就到剧组里来拍戏，在没有戏的时候，她和其他的演员，在一起玩打玻璃弹珠的游戏。她年纪小，从来没有谈过恋爱，导演要启发她如何表达对男主角的喜欢，或者说少女如何谈恋爱。

多年不见家乡武汉，希云很想念黄鹤楼。姊妹俩重上蛇山，再到那儿看看。当年离开武昌时的那个楼，俗称黄鹤楼，其实叫"奥略楼"。黄鹤楼是多次毁，多次重修，最后一次修建是1867年。清光绪十年（1884）因附近民房失火，而殃及焚毁，到了1907年，张之洞重修，命名为"奥略楼"。该楼因1957年建设武汉长江大桥而拆除，此地暂时就没有楼了。按规划，将来要建成一座雄伟的黄鹤楼，当然这次姊妹俩没有看到黄鹤楼。

宝铜鼎和原来黄鹤楼前的圣象宝塔，均向后移置。宝塔修建于元代至正三年（1343），为威顺王宽彻普化太子建。用以供奉舍利和安放佛教法物，是一座大型菩提法塔，分为地、水、火、风、空的五轮塔，因色白又称元代白塔。

后来，两人就顺路看陈友谅墓。陈友谅，元朝末年农民起义领袖之一，渔家出身，年轻时曾在县内当小吏，湖北沔阳人。陈友谅参加了由徐寿辉领导的红巾军。因战功卓著升为元帅，率部连克江西、安徽、福建、浙江的大片地区，后在红巾军中制造分化瓦解，清除异己，并挟持徐寿辉又杀之，自封汉王称帝，先定都江西九江，后迁都武汉。关键之战是与朱元璋大战江西鄱阳湖，历史上很有名。朱元璋采取离间计，成功地让陈友谅杀害了自己手下的大将赵普胜，陈友谅战船大，又用铁索连在一起，在战斗前期将朱元璋的小船队打得喘不过气来。后来，关键的时刻起了东北风，朱元璋立即用火攻，陈友谅水军终大败，其弟陈友仁当场战死。陈友谅末期，骄横跋扈，不听规劝，独断独行。另外他的部下不满杀害徐寿辉，陈友谅终被乱箭射死。后由部属将遗体送至武昌蛇山安葬。也有人说是衣冠冢。谁又能说明白呢？朱元璋攻破武昌，陈友谅的儿子投降，至此称帝四年的"大汉"画上句号。

后人在墓前修建一座牌坊，正面是"三楚雄风"，背面写"江汉先英"。朱元璋对陈友谅的评价是："骄兵必败。"

事实上，世间任何人，总以为自己什么都是对的，老子天下第一，不善于听取别人或旁观者的建言，肯定会招致失败的结局。"忠言逆耳利于行"是极其重要的。历史上的教训，不胜枚举。

回到十几年前的家乡，希云感慨良多。从黄鹤楼道到大成路、解放路、民主路，通过武昌路，有时称"鼓楼洞"，阅马场，到长湖南村原来住过的地方走走看看，似乎认不出来了。长湖南村，原来中间是菜园，面积很大，两侧房屋不多，眼前变化太大了。房屋林立，而中间菜园已是很小很小的了。"物换星移几度秋"，今非昔比呀！阅马场中有"黄兴拜将台"和红楼。该楼是红色的，是辛亥革命指挥部之一，具有历史意义。

附近"武昌路"三个字，是辛亥革命的1914年武汉市政府重修蛇山洞，并在洞口上方嵌入石匾，由时任民国副总统黎元洪题写。黎元洪是湖北黄陂人，有人称他为黎黄陂，其名"元洪"，隐以元末之朱洪武（朱元璋）自居，而又含蓄自然。一生褒贬不一。他最大的历史贡献是介入武昌起义，与辛亥志士一起，推翻两千余年的封建帝制，走向共和。

报纸刊登电影消息。是彩色影片《洪湖赤卫队》。姐妹俩买了两张电影票，在武昌电影院看，离家不远，走路就可以的。彩色歌剧片，既好看又好听。它是由北京电影制片厂和武汉电影制片厂联合拍摄的。谢添、陈方千、徐枫执导，王玉珍主演。由同名歌剧改编，影片讲叙了20世纪30年代，韩英带领洪湖赤卫队与敌人展开艰苦斗争，保卫湘鄂西革命根据地红色政权的故事。

当渔民的船驶进荷花莲藕的湖泊时，听到了优美悦耳的歌声：

洪湖水呀浪呀嘛浪打浪啊，洪湖岸边是呀嘛是家乡啊。清早船儿去呀去撒网，晚上回来鱼满舱。四处野鸭和菱藕啊，秋收满畈稻谷香……

剧中，胡子爹和小红的那段演唱，如泣如诉。敲着碟儿，唱小曲时情节动人：

手拿碟儿敲起来，小曲好唱口难开。深深唱不尽人间的苦，先生老总听开怀。

月儿弯弯照高楼，高楼本是穷人修。寒冬腊月北风起，富人欢笑穷人愁。

小姑娘拿着碟儿敲起来的场面，他们从来也没有见过，听见敲碟儿声音时，大家的心胸欲碎，人间是多么的不平啊！

韩英与母亲牢房会面时的"看天下的劳苦人民都解放"最后三段歌词：

娘啊！儿死后，你要把儿埋在洪湖旁。将儿的坟墓向东方，让儿常听洪湖的浪，常见家乡红太阳。

娘呀！儿死后，你要把儿埋在大路旁。将儿的坟墓向东方，让儿看红军凯旋归，听见乡亲们在歌唱。

娘啊！儿死后，你要把儿埋在高坡上。将儿的坟墓向东方，儿要看白匪消灭光，儿要看天下的劳苦人民都解放。

华鸣，是希云黄家养父母的孙子。其父是希云的哥哥，自己在武钢工作。得知地址，华鸣专程前来探望姑姑。

"姑姑，你好吧？我来看你老人家！家里的父辈们，也因年岁大，先后相继过世。只剩我这一代。身体还好。华美在家乡工作，孩子们都好。"华鸣细细地道来。

"华鸣，你回家乡时，见到亲人时帮我问候，说姑姑想念他们。有机会来武汉时，到我这儿来坐坐。我时常怀念黄爸黄妈，感谢抚养之恩，感谢哥哥嫂嫂们对我的关爱。离开故乡已经很久了，我很想尝尝故乡的特产沙药的滋味，你有机会帮我带点来。"希云怀着感激的心说道。

"好呀！姑姑，沙药一般是春节那个时候才有。那时我一定带来。"

春节假期，华鸣回故乡过年，告诉家里人说姑姑从贵阳回武汉了，全家都很高兴。当时武汉这个地方，武穴沙药没有卖的，也没有"山粉"（红苕苕粉）卖。家乡的山粉制法是，首先红苕洗净去皮，在沙缸中用手握着红苕研磨，磨碎，然后晒干，以备食用。华鸣回武汉上班，顺便带来沙药和山粉。故乡的人当然喜欢故乡的味儿。沙药是武穴的特产，它的鲜味儿可说绝了。任何调味品都比不上。沙药排骨煨汤，营养丰富，味道鲜美。

时值正月十五，元宵节。姊妹两人一道去菜场买点儿鲜瘦肉、芹菜、五香豆干儿、花生米和豆油皮子、青菜、豆腐等。后来到粮店购买天津的小站稻米。她们将鲜烧肉剁细，五香豆干儿切成很小的方块，芹菜切碎，用豆油皮子将上述物料包成三角形的、扁平状的，放在锅里用油煎熟。吃起来特别香。用山粉（苕粉）和水调成半干状，豆干丁儿，花生米混入其中，制成球状，再用蒸笼蒸熟，后醮酱油，入口特好吃。天津小站的稻米煮饭，吃起来很香。

听见邻居说，意大利影片（译制片）《父子情深》很好。姊妹二人连忙去电影院观看。影片开始，是在一个风雨交加的夜晚，男主人公桑蒂在电唱机上放上一张唱片，优美的音乐唤起他对往日的回忆。这张唱片是儿子卢卡送给他的，而现在儿子永远离开，永远消失了。卢卡是他的独生子。可惜其母亲早已去世。因律师工作太忙，桑蒂缺少时间关爱儿子。甚至令儿子误会，卢卡感到孤独，后来消除了对父亲的误会。最后，父子和解，卢卡生病了，经查是致命的白血病。桑蒂惊呆了！在儿子病情恶化的时候，卢卡提出让父亲带他到渴望已久的娱乐场去玩儿一次。父亲最后一次陪儿子度过愉快的一天。病魔摧残着少年的心，死神越来越近。卢卡深情地望着父亲，轻轻地说："爸爸！可惜，我再也见不着你了，请你不要难过。"卢卡低下了头，在父亲的怀抱中离开人世。

影片告诉人们：父子、母女、夫妻，要万分珍惜在一起的美好时光，尽量关爱些。人呀，只有今生，没有来世。

姊妹俩，老来相聚是很不容易的。姐姐的儿女们都长大了，各自在忙工作。妹妹的丈夫去台湾，多年来音讯全无。趁现在身体还算可以，相约去杭州、上海、苏州、无锡和南京等地，自由行一次。

姊妹俩乘江汉轮从汉口到达南京。首先去的是中山陵。从"博爱"二字的牌坊走上台阶墓道，前行为陵门，以青色琉璃瓦为顶，门额上为中山先生手迹，"天下为公"四个大字。祭堂正中上方，中山先生手书"浩气长存"。有三个拱门，分书写"民族""民权""民生"门额。

陵墓周围郁郁葱葱，建筑雄伟壮丽。从空中俯视中山陵，像一座平卧在绿绒毯上的"自由钟"，那是唤醒民众"以建民国"之意。

姊妹俩在"天下为公"碑坊前摄影留念。

玄武湖历史悠久，初期叫北湖，位于钟山（紫金山）以北。"玄武"两字的含义是"北方之神"。它是中国最大的皇家园林湖泊，仅存的江南皇家园林，被称为"金陵明珠"。湖泊中有五洲（五洲是小岛），即环洲、樱洲、菱洲、梁洲、翠洲。

景区有童子拜观音石、莲花精舍、诺那佛塔、湖神庙、黄册库（明代湖神庙）。玄武十景，形成于六朝时期。

有诗写道：

台　城

江雨霏霏江草齐，六朝如梦鸟空啼。

无情最是台城柳，依旧烟笼十里堤。

——唐　韦庄

玄武湖

玄武湖中春草生，依稀想见竹篱城。

后来万蝶如云起，方恨图工事不成。

——宋　黄度

随后，两姊妹去了莫愁湖。它位于秦淮河以西，以前是秦淮河入长江口河槽，因泥砂淤积而成湖。景区有莫愁女故居、郁金堂、苏合香、华年庵、抱月楼等等。到达时，在莫愁湖公园大门外两人摄影留念。

游览莫愁女故居，导游讲述关于莫愁女的故事："她是河南洛阳人。聪明好学，采桑、养蚕、刺绣，还会跟父亲一道上山采药，父女二人相依为命。15岁那年，父亲采药不幸坠崖身亡。莫愁家贫，卖身葬父。卢员外见她可怜，帮她料理后事。莫愁嫁给了卢员外的儿子为妻。卢员外曾在梁朝为官。一日，梁武帝到卢家花园观赏牡丹时，见莫愁女如花容貌，想出毒计，害死卢公子。传旨召莫愁进宫，莫愁得知，悲愤交加，宁可玉碎，不为瓦全，投湖而死。梁武帝问讯，自感惭愧，于是写下'河水中之歌'：'河中之水向东流，洛阳儿女名莫愁。莫愁十三能织锦。十四采桑南陌头，十五嫁为农家妇，十六生子字阿侯，卢家兰室桂为梁，中有郁金苏合香。头上金钗十二斤，足下丝履五文章。珊瑚挂镜烂生光，平头奴子擎履箱，人生富贵何所望？恨不早嫁东家王。"

姊妹俩在莫愁女塑像前摄影留念。当时摄影是胶卷，要求快取，次日去相馆取照片带走。她们从南京坐火车到无锡，路很近，挺方便的。

惠山泉，原名漪澜泉，号称"天下第二泉"，是元代大书法家赵孟頫所题。清乾隆南巡惠山时题字"江南称第二，盛名实能副"。山坡上，有陆子祠，奉祀的人物是声名远扬的茶圣陆羽。

"景微堂"两壁书陆羽"惠山寺记"。堂联是：

十贤去不回曾听松风荐秋菊，
二泉清且冽先后槐火试春茶。

谈到天下第二泉，很自然想到瞎子阿炳——"华彦钧故居"和《二泉映月》电影。他的琴声，如泣如诉，催人泪下，不禁让人想起《二泉映月》歌曲：

听琴声悠悠，是何人在黄昏后，身背着琵琶沿街走，背着琵琶沿街走。

阵阵秋风，吹着他的青衫袖；淡淡的月光，石板路上人影瘦。步履遥遥出巷口，宛转又上小桥头。

四野寂静，灯火微茫映画楼。

操琴的人，试问知音何处有？一声低吟一回首，只见月照芦荻洲。

琴声绕丛林，琴心在颤抖，声声犹如松风吼，又似泉水匆匆流，又似泉水匆匆流。憔悴琴魂作漫游。

平生事儿难回首，岁月消逝人烟留。

年少青丝，转瞬已然变白头。

苦伶仃，举目无亲友，风雨泥泞怎忍受？荣辱浮沉无怨尤，荣辱浮沉无怨尤。唯有这琴弦解离愁。

晨昏常相伴，苦乐总相守，酒醉人散余韵悠，酒醉人散余韵悠。

莫说壮志难酬，胸中歌千首，都为家乡山水留。

天地悠悠，唯情最长久。

共祝愿，五洲四海烽烟收，家家笙歌奏。年年岁岁乐无忧，年年岁岁乐无忧。

纵然人是黄鹤，一抔净土惠山丘。

此情绵绵不休。天涯芳草知音有，你的琴声还伴着泉水流。

她们来到无锡风光秀丽的"蠡园"，它以蠡湖而得名。相传春秋时越国大夫范蠡偕美人西施泛舟于此。蠡湖是太湖东北岸的一个内湖。蠡园三面环水，远眺翠嶂连绵，近闻长浪拍岸，南堤春晓，桃红柳绿，枕水长廊，步移景换，曲折盘旋，亭台楼阁，层波叠影，美不胜收。郭沫若先生有佳句："有识蠡园趣，岩头问少年。"范蠡主持军事，文种主持政务，辅佐勾践卧薪尝胆，图强雪耻，最后打败吴国。吴王夫差战败自杀。范蠡深知勾践为人，可与共患难，难与共安乐，遂急流勇退，辞官归隐至齐国。此乃千古传颂的故事。

上有天堂，下有苏杭，几乎是人人想去的地方，否则会留下无穷的憾事。姊妹俩乘火车从无锡去了苏州。

"苏州园林"自明朝以来有400多年的历史，驰名全国，甚至扬名海外！首先要到苏州有名的景点——拙政园去参观。

为何取名拙政园？明正德初年，因官场失意，还乡的御史王献臣，以大弘寺址拓建为园，取"晋代潘岳《闲居赋》灌园鬻蔬，以供朝夕之膳……此亦拙者之政也"意。园以水为中心，山水萦绕，亭榭精美，花木繁茂，具有浓郁的江南水乡特色。它分东中西三部分：东花园，开润疏朗，中花园是精华所在，西花园建筑精美。各具特色。

东花园：秫香馆，指稻谷飘香，墙外农田，秋风送来一阵阵稻谷的清香。涵青亭，玲珑小巧，可供人小憩，纳凉，避雨。芙蓉榭，一半建在岸上，另一半伸向水面，凌空架于水波上。缀云峰，它与联碧峰为园中景点，苔藓斑驳，藤蔓纷披，颇具古意。中花园，香州，坊式结构，有两层楼舱，高雅洒脱，倒映水中。梧竹幽居，它是建筑风格独特的亭，梧桐遮荫，翠林生情，绝妙处四周白墙，开了四个圆形洞门，从不同角度看，洞环洞，洞套洞。松风水阁，是看松听涛之处。西花园，三十六鸳鸯馆，养有36对鸳鸯嬉游水中。与谁同坐轩，小亭别致，修成折扇状，苏东坡有词：与谁同座，明月、清风、我。塔影亭，映入水中，宛如宝塔，端庄怡然。

在街上饭馆儿吃午餐，下午姊妹俩参观沧浪亭，它是苏州最古老的园林，始建于北宋庆历年间，公元1045年左右。沧浪亭园门外的前方，一池绿水，绕于园外，园内以山石为主景，迎面一座土山，沧浪石亭坐落其上，山下有水池，宋代诗人苏舜钦因感于"沧浪之水清兮，可以濯吾缨；沧浪之水浊兮，可以濯吾足"，题名《沧浪亭》。作"沧浪亭记"以抒怀，感悟人生真谛。沧浪亭刻有对联："清风明月本无价，近水远山皆有情。"此联为清代学者梁章钜为苏州沧浪亭题的集合联，上句为欧阳修沧浪亭诗中"清风明月本无价，可惜只卖十万钱"。下联出于苏舜钦过苏州诗中的"绿杨白鹭俱自得，近水远山皆有情"。园中还有看山楼、面水轩、翠玲珑、仰止亭、五百名贤祠、瑶华境界。瑶华寺旁的鲜花色白似玉，花香，服食可长寿。

次日，去狮子林。它始于元代，是古典私人园林之一。因园内石峰林立，多状似狮子，故名狮子林。燕誉堂，出自《诗经·小雅》里的"式燕且誉，好而无射"。意为燕而乐，始终不已之意。石舫。舫身四面皆在水中，中后舱皆为两层。卧云室，为僧人休居。还有问梅阁，古五松园。

狮子林保留了元代的风格。园以叠石取胜，洞壑宛转，怪石林立，水池萦绕，模拟与佛教有关的人体、狮形、兽像，喻佛理于其中。

山顶石峰有"含晖""吐丹""玉立""昂霄""狮子"诸峰，各具神态，千奇百怪。

随后到"寒山寺""枫桥"一游，得名于唐诗《枫桥夜泊》。张继的"月落乌啼霜满天，江枫渔火对愁眠。姑苏城外寒山寺，夜半钟声到客船"。这首诗描写他乡游子卧听古刹钟声，心中该是何等的滋味。平凡的桥，平凡的水，平凡的寺，平凡的钟，经过诗人的艺术创造，构成一幅情味隽永、幽静诱人的江南水乡夜景图，成为流传千古的名作。给人一种身临其境的韵味。妙哉，妙哉！

苏州游览令人难忘。随后姊妹俩乘火车经上海站，赴杭州。

这个有名的城市地名的来历，很有意义。相传夏禹治水，在此造舟以渡，越人称此地为"禹航"，其后，口语传讹禹为余，乃称余杭。至唐朝天宝元年（742）改称为杭州。西湖十景，令人陶醉。苏堤春晓，是北宋文人苏轼用疏浚湖泥而筑的南北走向的堤，后人为纪念他的功绩，称其为苏堤。

姊妹俩在压堤桥南"御碑亭"休息。湖山如画，尽收眼底。堤上两侧，桃柳相间。春季拂晓来欣赏，薄雾蒙蒙，垂柳初绿，桃花盛开，尽显西湖旖旎的柔美气质。

希云说："姐，天堂杭州，多美啊！汉青与我广州一别已多年了，不知他人还在不在？如果现今他和我们一道游杭州，那多好啊！"

慕云说："希云呀，那就太好了。可惜你姐夫早年离开了我们。如果季鲤、我、汉青和你四个人来游览杭州，那多理想啊。人生如梦。"

姊妹俩惋惜之余，仍然面对这无情的现实。

柳浪闻莺，原为南宋时的御花园，多柳树，风翻成浪，漫步其间，且行且听，柳丝拂面，莺鸟鸣啼，一番生机盎然。明朝万达甫题诗《柳浪闻莺》：

柳阴深霭玉壶清，碧浪摇空舞袖轻。
林外莺声啼不尽，画船何处又吹笙。

花港观鱼，它位于南宋时官员卢允升的别墅内，它以花、港、鱼为特色。红鲤鱼池，位于园中部偏南处，池岸曲折自然，堆土成岛，架设曲桥，依栏俯看，无数金鳞红鱼戏水，游来游去，多悠闲，多自在，多得意呀！

"花港观鱼"的石碑是乾隆下江南时所题，鱼字下边三个点。原因是汉字里三点为水，四点为火，以表示皇恩浩荡，涉及万物之意。

> 花家山下流花港，花著鱼身鱼嗺花。
> 最是春光萃西子，底须秋水悟南华。
>
> ——清　乾隆

雷峰夕照。该塔位于西湖南岸的夕照山上，因晚霞镀塔，佛光普照而闻名。它建于五代的975年，吴越国王钱弘俶为庆祝黄妃得子而建，初名黄妃塔。明朝张岱，在《西湖梦醒》中，说宋有雷曾经居过，故名雷峰。不过，真正出名，还得感谢宋代林逋《中峰》诗，至此雷峰夕照之说不胫而走：

> 中峰一径分，盘折上幽云。夕照前村见，秋涛隔岭闻。长松含古翠，衰药动微薰。自爱苏门啸，怀贤思不群。

再者，民间传说雷峰塔和许仙游湖借伞的爱情故事有很大的关系。相传法海和尚曾将白娘子镇压在塔下，并发咒语："若雷峰塔倒，除非西湖水干。"

南屏晚钟。南屏山在西湖南岸，主峰高百米，石壁如屏。北麓山脚下有净慈寺，寺中有一井，据方丈说，寺中建筑木料是从井里拔起而得之。显然是传说故事。但傍晚钟声清越悠扬，南屏山多孔穴，岩壁若屏风。每当佛寺晚钟敲响，传至山壁岩石，洞穴为其所迫，振幅急剧增大后形成了共振效应，增加了共鸣，在湖面上传播。直达对岸的宝石山。回波迭起交响混合，共振齐鸣，经久不息。此时，包括姐妹俩在西湖水域的游人，都能听到佛国的清音，这真是人生难遇的机缘！

双峰插云。西湖的西边有两座山，其两山之巅，即南高峰、北高峰，高耸入云，时隐时现，远望如仙境一般。

姊妹两人站在西湖堤上，远眺双峰，饶有兴趣。

> 浮图对立晓崔巍，积翠浮空霁霭迷。
> 试向凤凰山上望，南高天近北烟低。
>
> ——南宋　王洧

赏景归来，人也疲劳，姊妹俩在旅店休息，睡得香香的。

次日，休息一个上午。待用完午餐后，她们步行走过白堤，即断桥残雪之处，到岳庙，在岳飞墓前拜奠这位民族英雄。随后，去"曲院风荷"一游。这时是春季，而不是夏季，见不到荷花，但可以看看曲院，原为南宋时的酒作坊。

时间正好是农历十六，一轮圆月从东方升起的时候。姊妹俩观赏"平湖秋月"。秋风送爽是最好的时间点。但春季来游，天气晴朗之夜，诗情画意也毫不逊色。高阁凌波，依窗俯水，平台宽广，视野开阔，水月相融，游人们真不知今夕何夕！

> 穿牖而来，夏日清风冬日日，
> 卷帘相见，前山明月后山山。
>
> ——清　骆成骧

该景点有龙王祠、望湖亭、湖天一碧楼等。白居易有诗道：

> 湖亭晚归
> 尽日湖亭卧，心闲事亦稀。起因残醉醒，坐待晚凉归。
> 松雨飘藤帽，江风透葛衣。柳堤行不厌，沙软絮霏霏。

从景点乘小船赴西湖的"三潭印月"。它是西湖中最大的岛屿，风景秀丽，景色清幽。该岛景区，别具一格，湖中有岛，岛中有湖，园中有园，曲折多变，堪称步移景新的江南水上庭园。岛南的湖中有三座石塔。相传为苏东坡在杭州疏浚西湖时所建。有趣的是，塔腹中空，球面体排列五个等距离圆洞，若在月明之夜，洞口糊上薄纸，塔中点燃烛光，洞形印入湖面，呈现许多月亮，真月和假月，其影难分，夜景十分迷人。

游览累了，姊妹俩进入梦乡前，仍在回味当天的感受，真是如同常人所说的"游得累，睡得更香"。次日，精神饱满，乘公车到灵隐寺。它的开山祖师是印度僧人慧理和尚。在东晋咸和初年，由中原云游至武林（杭州），见一峰而叹曰："此乃中天竺国灵鹫山一小岭，不知何代而来？"佛在世日，多为仙灵所隐，遂于峰前建灵隐寺，至今有1700余年。墙上写"咫尺西天"。古寺藏于深山，云烟缥缈其中，很是迷人。苏轼当年赠方丈的诗句是："溪山处处皆可庐，最爱灵隐飞来孤。"道尽飞来峰前灵隐寺的清幽。寺中有大雄宝殿、天王殿、药师殿、法堂、华严殿、济公殿。济公殿的两边是五百罗汉堂和方丈楼。

在大雄宝殿处，姊姊俩遇见一位老方丈，妹妹上前很礼貌地问师傅："佛教的中心思想是'普度众生'，蚂蚁你也普度吗？"

方丈答曰："蚂蚁是普度的。凡是有生命的都普度啊！佛教的爱是广博的。"

飞来峰的岩洞和山崖上随石琢型，雕刻着400余尊，从五代到宋元时期的佛像。还能游见一线天。

休息休息。她们感悟一下人生的滋味。在灵隐寺餐馆午餐，喝点儿水后，乘车到钱塘江边的六和塔。它矗立于钱塘江畔，塔高近60米，塔身为砖砌，外檐为木结构，平面呈八角形，外檐十三层，七层与塔身相通，六层封闭，塔身有阶梯，可盘旋而上到达顶层。塔内文物有明石刻"镇海神像"。另有南宋智昙大师铜像，他是南宋开化寺住持。

姐妹俩登塔，观赏钱塘江风景，心旷神怡。同时，观赏中国桥梁大师茅以升先生设计的壮丽的钱塘江大桥。双层铁路、公路两用，钢结构桁梁桥。

郭沫若有诗道：

> 登到六和最上层，钱塘江畔岭纵横。
>
> 千年胜迹垂千古，百代游人尽百生。
>
> 木筏联铺津浪阔，铁桥飞渡堑云平。
>
> 我来适见轮车过，俯听晴空霹雳声。

人间天堂的杭州，美不胜收，意犹未尽，"好景一时观不尽，天缘有分再重游"。

姐妹俩怀着喜悦的心情乘火车离开杭州，到最后一站上海。

这是一座商业城市。解放前是对外通商的口岸，国际大都会，非同一般，内地人非常喜欢去看一看。上海邮政总局大楼建于1924年，当年号称"远东第一大厅"，气势雄伟。

上海展览中心，这是俄罗斯古典主义建筑风格，是20世纪50年代上海市建造的首座大型建筑。上海人民广场，融文化、绿化、美化为一体。东风饭店，曾经是远东有名的夜总会，建于1910年，是英国古典式建筑。有名的上海外滩，竖立着50来幢风格各异的古典复兴大楼，素有外滩万国建筑博览群之称。

在知名的上海大光明电影院，姊妹俩看了两场电影。

听人说城隍庙的五香豆好吃，专程去买了两斤带回武汉。

旅游完美结束。她们买好船票，从上海外滩十六铺头上船，乘"江申轮"返汉。

轮船在长江中两昼夜航行，乘风破浪，沿途可看到美好的风光。抵达汉口港，女儿、女婿迎接妈妈、姨妈平安归来。转眼是一年一度的农历七月十五，按故乡习惯，这天称为中元节。姊妹俩照例要给过世的亲人烧包袱。买来黄裱纸印的望生钱，再用白纸包着，上面写的是过世亲人的名字。

汉青去台湾，已经是十几年了。可能人不在了，从 1959 年开始，希云每年为他送"望生钱"。人生怎么就这么苦！

一天，慕云感到不舒服，胃有点儿疼，从药店里买了"胃舒平"，吃了几天，不见好，病情加重。希云陪姐姐去医院检查，医生进行胃镜检查和活检，结果确诊是胃癌。慕云手术住院，希云一直在照料姐姐，手术成功，达到规定出院标准后，返家休养。过了几年，情况突变，慕云病情恶化，立即转入重症病房抢救。医生开出"病危通知单"，希云看到很担心，哀求医生说："大夫，请想办法，将生命延长三天吧！好让病人的两个儿子来武汉，见最后一面！"医生说："可以，医院想尽一切办法救治，不能再多了。"

希云感激说："谢谢大夫，谢谢医生。"

姐姐醒来的时候，对着病床前的希云说："妹妹呀！看来我的日子不多了。请将我的骨灰，送回故乡，合葬在丈夫身旁，永远相伴。我的小妹妹，好妹妹，如果有来生，我们再做一次姐妹。"

希云点头，眼泪唰唰流。随后电告安顺的健安和湖北南漳的健仁。

女儿女婿，带着两个孩子，到医院探望。健侬含泪说："妈妈，茂森和孩子都来了。"

慈爱的妈妈点点头："你们都来了。"

健安夫妇和健仁夫妇都赶来武汉，前往医院探望。

健安说："妈妈，我们都来了。愿你老人家能好起来。"

慕云安详地合上眼睛，不幸离开了人世，走完了人生最后一段旅程。她一生朴素，善良和气，工作认真，一辈子多么不容易。

随后，亲人们送骨灰到故乡，完成她老人家的夙愿。

第十章 蜗居小屋

天下没有不散的筵席，亲人总有永别的时刻。姐姐永远走了，再也看不到了。希云的心仍留着姊妹情深的日日夜夜。这就是人生。

黄鹤楼道的住屋，一进门就是小堂屋。左侧是厨房。沿厨房侧过道向后，有两间卧室，第一间是房东弟弟住的，较小，第二间是房东夫妇的卧室，较大。经过道再向后是希云的安身之处，面积很小，仅能放置一个单人床铺，一个小柜子，一把小椅子，非常简陋。旁边一个小天井，那儿就是微型厨房。

最困难的是买煤球，大体上是房东买煤时帮带一点。后来煤店里卖蜂窝煤，就更方便一些，只要准时添加，不必要天天生炉子。生活费用来源是由三个侄儿女共同提供的。是她过世的姐姐的儿女：大侄儿在贵州安顺工作，结婚后有一女两子；侄女在武汉工作，有两子一女；小侄儿在湖北南漳工作，有一女一子。在当时的环境下，工资都不高，大家只要勉强够生活就可以了。

希云平时看看冰心小说之类的书，看到《超人》文中叙述超人三夜的呻吟，看了三夜的月，想了三夜的往事，想到许多从前的事。是什么往事呢？

超人粗看起来是一个冷漠的人，好像世界和他毫无关系。他不理别人，不和人一起吃饭，不轻易与人打招呼，仿佛是一个与世界隔绝的人。但是梦中想起了往事，惊醒，刺痛了神经。泪流如雨。他明白了人世间的爱。他不再是超人。希云也回忆起慈爱的母亲、亲爱的姐姐、天上的繁星，像电影般一幕一幕地浮现在眼帘。

当时是20世纪60年代，侄女健依在武昌电影院买了两张《红灯记》电影票，请姨妈一道去看。影片叙述三代人的抗日故事。姨侄两代人去看，体会剧中三代人的高尚情操，肃然起敬。

健安觉得姨妈一个人太孤单了，特地买了一台半导体收音机寄来武汉。希云高兴地用上了。收音机小，任何地方都可以放着，携带也方便。那个年代还没有电视机，有了收音机，生活丰富不少，乐趣增多了。她听听样板戏，听听相声，听听歌曲。

湖北南漳的健仁，给老人寄来了香菇。当时武汉市面上香菇是很少的，价格也贵。希云很喜欢香菇煨汤，味道很鲜。还有，骆劲松曾经是由希云帮助过的，做会计工作，为人老实。有五个儿子，除了在黄石的一个儿子外，其余均在武汉。他本人经常抽时间来看望伯母，有时，也送点生活费。他的妻子淑清有时专门为伯母做双布鞋，儿子有时来帮奶奶买买蜂窝煤。老人觉得既孤单又不太孤单。

健侬的爸爸，余季鲤曾说过："慕云、希云和桂珍三姐妹，有点儿像宋氏三姐妹！"

如今姐姐永远走了，只剩下老二、老三姐妹。桂珍是老三，她身高1.5米左右，长长的脸，性情温和，待人善良，一口武穴乡音。有时，桂珍前往看望，说："姐，近来身体好吗？"

希云说："好，好呀！"

"我买了点桂圆，你尝尝呀。"桂珍亲切地说着。

"不客气，你的身体不好哇，要多加保重。"

"时光一转眼就过去了几十年了，想当年，伯母亲手教我们三姐妹炒花生的事真有趣呀！童年的欢乐，仿佛就在昨天。"桂珍满怀深情地回忆。

希云接着说："那时，慈爱的母亲看见我们三姐妹在一起玩耍，忙走过来说：'你们想吃自己炒熟的花生吗？那花生既香脆，又是我们自己炒熟的。吃起来更有滋味。'我们齐声说：'好。'母亲继续说：'炒花生有两种方法，一种要用很细的河沙经过小筛子筛过后放在锅里炒，另一种是直接在锅里炒，不用河沙。'现在我们家里没有河沙，也没有小筛子。妈妈说：'称两斤花生吧，放在锅里，灶里要文火，不能用猛火。注意随时添柴，勤劳的手，将锅铲不断翻转，以缓匀的动作，不停地、周而复始地翻转，动作熟练。'后来妈叫大姐来翻转，炒花生，练习基本动作。大姐学会了，翻炒了一些时间，累了，歇一会儿。唉！大姐如今不在人世了，如果要在，岂不是让我们再享受一下人生吗？再后来，我也像大姐一样翻转炒花生，也是米字形，最后是你？"希云说："桂珍，你记得吗？妈还说，炒花生前后要花一个小时。炒的过程中，留心听到轻微的喳喳声，剥开花生，花生米的红衣一剥下，花生米放进口里，又香又脆。只有经过亲身的体验，才知道来之不易。一个小时不停地均匀翻转花生，是很难的。贵在坚持，如果炒一半不炒了，不是吃半熟的花生吗？半途而废嘛！"

桂珍："是的，姐！伯母的话我一直牢记在心。"

话闸子打开了，童年的往事很自然地涌上心头。

希云继续说："桂珍，记得童年时代，妈妈教我们三姐妹浇花的往事吗？"

桂珍："记得呀，我住在付家坡，儿媳在洪山，我在门外就栽了几盆花。"

希云记忆力很好，继续说："在武穴，我们家的后院，慈祥的妈妈栽了六种花，每种花栽两盆，共 12 盆花，寓意六六大顺，双数象征吉利。一年 12 个月，月月有花，栽种了月季花，花语是希望。素心兰，花语是活力和乐观。茉莉花，花语是清纯、玲珑。桂花，花语是吉祥、收获、胜利、忠贞，有些欧美国家也视其为国花。梅花，寓意是高洁傲骨、不畏风寒、坚强美丽、贫寒却有德行。太阳花，花语是光明和热烈，不畏艰难，永远快乐，互敬互爱。妈妈种花的知识很丰富的呀！"

桂珍说："我那时很小，只晓得花儿既好看又很香。女孩天生好美，不知道它们的含义。今天听到，受益良多。"

希云说："妈妈教咱们三姐妹如何浇水。说人要喝嘛，水是人体中最重要的成分，缺水的人是会生病，长期缺水会导致死亡，花儿也和人一样会枯萎，甚至死亡。浇水的水量和时间段都有讲究，每个品种的植物要求都不一样，但有一点是共同的，阳光照射很强的时候不能浇水，一般是早上比较好。盆内不能有积水，要保持土壤不干不湿为佳。每天关注它。浇花的工具是一把带有多孔喷水嘴的小水桶。"

桂珍说："我就是按伯母说的方法来浇水的。花儿长得很好。附近的邻居婆婆，喜欢我的盆花儿，这也是我老来的乐趣。"

希云说："姐姐，永别了，感到寂寞的话，在房东的院子里，我栽了几盆月季和吊兰。"

历历在目，往事如烟，桂珍告别回家。

这年的中秋节，同乡的侄儿劲松来接伯母过节。希云随侄儿一道去汉口的家中。侄媳很热情地接待过去的恩人。人是要懂得感恩的。农历八月十四，晚上，去汉口电影院看电影，越剧《红楼梦》。影片由徐玉兰和王文娟主演。

越剧唱腔动人。宝玉、黛玉两小无猜的爱情何其真挚。

中秋节下午，劲松家为伯母特地准备丰富的晚餐。在武汉的四个儿子都来了。餐中既有武汉风味，红烧排骨、武昌鱼，又有家乡蕲州的风味特色，蕲春酸米粉。选用优质早籼米，经自然发酵等15道民间传统工序制作而成，窖米、窖浆（二次发酵）、滤浆、打粑、焙粑，晶莹剔透，酸爽入口，劲道感足，质地柔韧，水煮不糊汤，风味独特。清代嘉庆年间，曾作宫廷御食，可见其珍贵。还有闻名的蕲州油姜，开胃助消化。米饭是珍珠米，口感极好。

夜间，大家品尝月饼，抬头望皓月。喝西湖龙井茶。这时，希云的心里仍旧怀念着至今杳无音信的丈夫。

希云喜爱诗词和经典歌曲，屋虽小却也舒适。这也够了。

有一个星期日，侄女健侬来到黄鹤楼道，陪姨妈游览黄鹤楼。现在新建的黄鹤楼是以清代黄鹤楼为蓝本而加以创新。它五层结构，各层大小屋顶，交错重叠，翘角飞举，仿佛是展翅的鹤翼。楼层内外绘有仙鹤为主题的云纹、花草、龙凤为陪衬的图案。主楼周围还建有白云阁、胜像保塔（俗称孔明灯）、碑廊、山门等，散发出中国传统文化的精神、气质和神韵。在第一层大厅中，正面墙壁是"白云黄鹤"为主题的巨幅陶瓷壁画。两旁对联是：

爽气西来云雾扫开天地撼
大江东去波涛洗净古今愁

第二层正面墙壁上，是大理石镌刻的唐代阎伯理撰写的《黄鹤楼记》，两侧壁画分别是"孙权筑城"和"周喻设宴"。第三层是崔颖、李白、白居易和陆游的名句。第四层直达顶层，是"长江万里图"等长卷。

对岸的龟山电视台耸入云霄。江面上的轮船，往来穿梭。此情此景，好像是现代版的"武汉清明上河图"。

二人从黄鹤楼向东，步行至白云阁。石碑附近，就是岳飞的铜像。铜像高八米，表现岳飞昂首北望破碎山河的忧愤神态。

岳飞的《满江红》，登黄鹤楼感怀道：

> 遥望中原荒烟外，许多城廓。想当年，花遮柳护，凤楼龙阁。万岁山前珠翠绕，蓬壶殿里笙歌作。到而今，铁骑满郊畿，风尘恶。
>
> 兵安在？膏锋锷。民安在？填沟壑。叹江山如故，千村寥落。何日请缨提锐旅，一鞭直渡清河洛。却归来，再续汉阳游，骑黄鹤。

这首词写于南宋绍兴四年（1134）。岳飞出兵收复襄阳六州，驻节鄂州，今湖北武昌，请求增兵收复中原，未被采纳。岳飞登黄鹤楼，北望中原，写下这壮丽的诗篇。

这也是在黄鹤楼公园里矗立岳飞铜像的历史由来。

返回黄鹤楼公园西门，至解放路，乘公汽至大成路黄鹤楼道口下车，步行，健侬送姨妈回家。

希云的生活作息是很有规律的，每天上午做各种家务事，饭后把餐具洗得干干净净，几乎全是站立，如果饭后老坐着，腹部脂肪越来越多，弄不好会脂肪肝，那时后悔就晚了。午饭半小时后，再午睡半小时，起床后洗个脸，再喝杯绿茶，精神很好，阅读《红楼梦》和诗词。

秋高气爽的一个星期日，茂森、健侬夫妇陪姨妈到汉口中山公园休闲。买门票进园，在松月轩附近购游船票，三人上船，茂森慢慢地划着。小船在水中悠悠地移动，健侬不时同姨妈交谈儿时有趣的故事。微风吹来，令人心旷神怡。船儿在湖水中，绕圈儿前进。近一个小时，租船时间即将临近，遂归还。

在张公亭前的场地上，伴着音乐声，很多中年夫妇牵着手跳舞——探戈，也有少数头发斑白的老年夫妇在翩翩起舞，舞姿轻快优美。

在湖心亭，姨侄三人坐下，喝点水，吃点儿点心，迎着微风观看湖面，来回嬉游的鸳鸯，非常可爱，形态飘然。希云细细数来，那应该是十几只呀。游在前面的是成双作对的，最后一只，却是孤零零的，在跟随着游。她不免触景生情，心潮起伏，难道这就是人生的缩影？

出园后就在附近餐馆就餐，肉丝面，吃起来舒服，还有小汤包儿。

回到家中，已是万家灯火。希云有点儿累，睡得很香。

"当初在汉口读女子师范时，曾和男友汉青一道到中山公园游玩。在湖边谈心，柳树垂荫，那是初恋的年代。后来结婚了，十四年抗战期间，是在巴东。胜利后，夫妇俩再次重游初恋的地方，希云在湖边走着，'咚'一声掉进水里，头上吓出了汗，汉青快来拉我呀！"

惊醒了。竟是一个梦！

第十一章　南漳一月

希云应侄儿健仁的邀请，乘火车赴湖北襄阳转赴南漳，侄女健侬到武昌站送别。前日电告健仁，火车到达襄阳站的车次、时间和车厢号。车站广播响了，武昌到襄阳的列车快到站了。健仁买好站台票进站。看到姨妈提着随身携带的小包下车，他高兴地喊道："姨妈，姨妈。"忙将她的包挂在自己肩上，扶她慢慢走出站。乘的士到襄阳长途车站，买好两张票后，在候车室候车，喝口水，吃吃面包和鸡蛋。等了一个多小时，广播响了。

依次上车，历经两个多小时到达南漳。侄媳淑芬在家门口迎接姨妈。亲人见面，欢喜万分。

健仁夫妇，两个孩子，大的是女儿，小的是儿子。和姨妈一道吃顿丰富的晚餐，五菜一汤，荤素搭配，很合口味。

健仁在农机公司工作，高级工程师，身高1.6米多一点，近视200度，言谈有些严肃。妻子淑芬比丈夫矮些，稍胖，南漳口音，原先在卫生纸厂工作，路程太远，很不方便，公司照顾职工，将她调至本公司，负责仓库管理。大女儿上小学，小儿子上幼儿园。健仁的住房是两室一厅。希云就住在一室中，有舒适的棕床、小桌子，还有台灯，窗户向阳，采光合适，算得上窗明几净，经常看看报纸和书刊。

每新到一个地方，人们总喜欢到处走走看看。热闹的万山路，百货、电器、食品应有尽有，一派繁华景象。

健仁夫妇陪同姨妈走着。这条既古老又具有时代烙印的大街，如故乡湖北武穴的正街。但远远超过后者，它的历史更悠久，更深远，具有传奇的故事。

西汉末年，王莽废汉称帝，引发大规模的农民起义，皇室后裔刘秀顺势而起。王莽知道，刘秀所领导的起义军对他威胁很大，所以亲自率领几十万大军追杀，以除后患。

有一次，王莽率大军追赶，刘秀的义军人数少，武器差，刘秀只身逃到南漳县城。躲进县城的城隍庙，王莽也追到了南漳城，遇到一位樵夫，问："这叫什么地方？"因为老百姓都痛恨王莽，樵夫朝前面的土包子一指，糊弄他说："万山。"王莽把万山听成了"万座山"，心想前方有万座山，茫茫一片，不知刘秀藏在哪儿，遂指挥人马改道搜寻去了，刘秀因此逃脱一劫。当人们悠闲地走过万山街时，心中很自然地想到这个故事。健仁买了一台彩色电视机放在客厅，每天夜晚看新闻，听天气预报，也经常观看电视剧。近日，中央电视台播放《公关小姐》。它是一部反映改革开放成就的主旋律电视剧。

姨妈和健仁夫妇，异口同声赞赏片头曲《奉献》：

自从踏进茫茫人世间，穿越了春天到秋天。

人生有几多追求？人生有几多梦幻？

啊！在寻觅，在跋涉。在热切地将我呼唤。

既然是选择了你，啊！从此就相依相伴。

当我倾心于你的那一瞬间，

爱海便升起风帆。人生有几多波澜？人生有几多悲欢？

啊！在碰撞，在交织，在浮沉中苦苦相恋。

既然已倾心于你，啊！从此不会改变。

《公关小姐》里的粤语版《奉献》，也非常悦耳。它与普通话词句不同，富有韵味。歌词是：

都说相爱情似蜜甜，但我的爱涩又酸。情和爱没宽敞路途，未知多遥远。爱的悲欢交织在一起，爱的风波深海内飞溅。无论历尽苦和甜，唯愿尽将痴情奉献。

都说爱情似火暖，但我的爱是寒烟。情和爱没坚固的模型，是天天常在变。置身光辉的天地里，我的青春经受挑战。无论历尽苦和甜，唯愿尽将真诚奉献。

全剧22集，全部看完了。讲香港某广告公司职员周颖小姐与家人回内地祭祖的故事。因宾馆服务员未及时叫醒她们，误了她们的正常安排。为此，周颖很生气。妈妈、妹妹祭完祖就返港了。她在广州等未婚夫李志鹏期间，由李的老同学、美国海顿财团的亚洲代表高翔陪同游览。周颖见李志鹏还没有来广州，生气之下独自北上，在北京等地旅游。其间感到服务不如人意。同时参观了北京的天安门、长城、故宫等，深受触动，毅然回港，辞去广告公司的职务，离开未婚夫，只身来到羊城，应聘为中外合资的中华大酒店公关部的经理。该剧体现了广州人民对待改革开放的态度。

长期以来，计划经济影响很深。什么应聘，什么公关，这是个全新的思路。健仁毕业后，分配到省属单位，工作出色，后响应号召，到祖国最需要的地方去，调到南漳县农机公司工作。

　　姨侄三人攀谈着。"姨妈，你老身体好吗？"

　　"我多年来一直注意保养身体，从没生过大病，小病就是有了，自己吃点药，很快就好了。平安无事！仁儿你好吗？"

　　"我大体上还好，也很少生病，不过有腰椎慢性病，大概是当年劳动锻炼过度，致腰椎受伤。医生说没有什么好办法，唯有睡硬板床为好，另外要多加留心，不能让腰椎再次受伤。"

　　"那你工作呢？"姨妈很是关心。

　　"我负责农机使用、推广和指导，经常要去农村向农民讲解农机的原理、使用与维修技术。例如单缸柴油机吧。"健仁随手把讲稿递给姨妈看。

　　姨妈接过一看，密密麻麻写了好几张纸。

　　希云问："农机除了单缸柴油机之外，还有什么？"

　　健仁说："单缸柴油机只是动力，它只是农机的一部分，它还有行走部分、工作部分。"

　　希云又转对身旁的侄媳淑芬说："你身体好吗？从外表看，好像不错嘛，是吗？"

　　"姨妈，我身体基本还好。"

　　希云又问："仁儿，我看见你的案头有一摞书。在灯光下写什么？"

　　"写县志，撰写过去与现在发展的实事。作为县志，要真实客观，严肃认真。"

　　"这是一件很有意义的事情。但千万不要过多熬夜，熬夜是最伤身体的呀！"

　　"姨妈，我会注意的。"

　　健仁订了一份南漳报，了解一些相关的信息。希云看到县电影院正放演电影《巴山夜雨》。心想在十四年抗日战争岁月，自己几乎是在巴东度过的，那儿可是她的第二故乡。对巴山夜雨有亲切感，对侄儿说："明天星期天，我们去看吧。"

"好，下午 3 点那个场。"

时间到，影院照明灯熄灭了，观众也安静了。该影片描写诗人秋石的人生悲欢离合故事。歌词也写得很好，有诗意：

> 什么时候才是我归期？
> 反反复复地询问，却无法回答你。
> 远方是一个梦，明天是一个谜。
> 我只知道远方没有
> 巴山夜雨。
> 借着灯光把你的脸捧起，
> 隐隐约约的笑容，已成千年的古迹。
> 伤心是一壶酒，迷茫是一盘棋。
> 我不知道今夜该不该为我哭泣。
> 许多年修成的栈道在心中延续，
> 许多年把家想成一种永远的美丽。
> 推不开的西窗，涨不满的秋池，
> 剪不断的全都是你柔情万缕。

健仁夫妇和姨妈一道去看《春秋寨》。在几千年历史的中国，经常听人说什么寨王，大家熟知杨门女将穆桂英是穆柯寨的寨王。那么，古代的寨是什么样子？当然无法考察。如果能看看南漳的"春秋寨"，那就可以穿越时空遐想古代的战争。该寨在陆坪村境内，地形独特，山水交融，视野开阔。有"一夫当关，万夫莫开"之地利。

相传春秋五霸之楚国，发迹于南漳。楚先人"辟在荆山，筚路蓝缕"，为抵御侵略而修筑此寨。山寨建筑在南北向的山脊之上，东、西、北三面临水，南面一道断崖，刀劈斧削一般，让人心惊胆战。整个山寨大小房间 150 余间。另建有蓄水池，几乎全由石头垒成。还有射击孔、山寨的寨墙、门框、门顶板，门槛都是人工斧凿的石条砌成。百间房屋顺着蜿蜒的山脊建造，各抱地势，盘盘围困。石头砌的房屋座座相连，石头铺就的小道绵绵贯通。荆棘中，路径依稀可辨。悬崖边石阶错落有致。所有房屋，历经岁月沧桑，至今都已无房顶了。陆坪村的某些古老建筑仍用石材。这就是山寨文化奇观，它是亚洲第二大古寨。

健仁是很有才华的，除本身专业水平外，还擅长山水"水墨画"和书法，临摹王羲之。写作两幅，嵌在画框里，赠姐姐、姐夫惠存。

健仁曾写一篇《水镜庄游记》，登载在襄阳日报副刊上，今天看算得上半个导游。他高兴地对姨妈说："姨妈，人们都知道三国时，刘备三顾茅庐请诸葛亮的故事，起因是什么？就得从水镜先生谈起，明日陪你去寻访水镜庄。"

"好！很有意思。"

次日，天气晴间多云。因住处离水镜庄不远，姨侄三人跨过蛮河桥，很方便地到了水镜庄。《三国演义》里的"玄德南漳逢隐伦"，讲的就是发生在南漳水镜庄的故事。

公元207年，刘备襄阳脱难，来到水镜庄，访事于司马徽。司马徽向刘备举荐诸葛亮，由此引出了"三顾茅庐""隆中对"的故事。

这个地方是东汉末年名士司马徽隐居地。因司马徽雅号水镜先生而得名。其中有水镜遗址、汉水镜栖隐处、草庐、水镜冢等。亭阁式建筑，飞檐凌空，气宇轩昂，金窗绣户，朱梁画栋。

再经头天门，沿上升台阶至二天门，他们走古栈道到白马洞，上刻有"洞天福地"。清代罗梦元在《白马洞怀古》一诗中说，"云中汉水斜阳尽，槛外秦山暮雨来"，颇耐人寻味。

游客自然联想到，如果司马徽不推荐诸葛亮的话，那三国历史很可能重写。丞相的作用何其重要，关系到国家的兴衰与长治久安。

后来，前往万山路吃午餐。点的是南漳特色美食，猪油饼。有人说到南漳，没有吃过猪油饼，枉来过南漳。在南漳人的舌根深处，有一份难忘的味觉记忆。

它的主料是经过几个小时发酵的面团，再配以适量的猪板油，少数椒盐、辣椒面、葱花做馅料。表面再撒上炒制过的芝麻，放置于炭火炉的内膛烘烤而成。吃起来可口，闻起来很香。拔丝马蹄，南漳产荸荠，味沙甜，无渣，为荸荠之上品。成菜起丝长，含之香甜可口，具有清热解毒之效。

下午，到徐庶庙去游览，地处县城北郊。

徐庶故里大门处对联是：

唯孝唯忠为本
斯才斯德可风

徐庶庙，始建于清朝嘉庆元年（1796），有徐庶塑像。嘉庆十七年（1812）立"汉徐庶故里"石碑。

徐庶对刘备忠心耿耿。由于徐母不幸被曹军掳获，曹操借假信诱骗而归曹营，千古憾事。诸葛亮三出祁山，北伐中原时，听到徐庶归曹入魏后的经历，为自己好友的一生叹息不已。

纵观徐庶一生，命途多舛，人生道路坎坷不平，最终没有做出惊天动地的大业。但他忠实、坦诚、孝敬，力荐英才，品德永传后世。

南漳、襄阳，古代重大的史实很多。他们专程去古隆中。健仁夫妇陪同姨妈游览。

牌坊正中上方"古隆中"，是清朝竖立的。进入古隆中后，走进三顾堂。诸葛亮是山东琅琊人，幼年失去双亲后，随叔父到荆州，17岁，叔父亡，在隆中抱膝高吟，躬耕陇田长达十年之久，留意世事，每自比管仲、乐毅，号称"卧龙"。刘备三顾茅庐，诸葛亮全面分析了天下群雄割据的局势，提出了三分天下而后统一的谋略。

三人游览时，仔细地阅读墙上诸葛亮的答语。

再进入武侯祠，祠前西侧竖着碑。石门，刻有楹联：

岗枕南阳依旧田园淡泊
统开西蜀尚留遗像清高

殿中有一尊诸葛亮铜像。进二殿，殿门两边的楹联是：

画三分烧博望出祁山大名不朽
气周瑜辱司马擒孟获古今流传

殿正中郭沫若题字，"志见出师表，好为梁父吟"。

继续看看附近的"梁父岩"。因诸葛亮躬耕时常到山岩上引亢长吟《梁父吟》：

步出齐城门，遥望荡阴里。
里中有三坟，累累正相似。
问是谁家墓，田疆古冶氏。
力能排南山，又能绝地纪。
一朝被谗言，二桃杀三士。
谁能为此谋，相国齐晏子。

电视连续剧《三国演义》中的诸葛亮，操琴《梁父吟》，含意深远。诸葛亮为什么好为《梁父吟》？首先，诸葛亮是山东人，少年时就爱上了这首歌，因为印象深刻，所以长大后，还是忘不了。再者，从诗歌的内容上看，写的是齐国相国晏婴二桃杀三士的故事。诸葛亮可以清楚地看出，他主张光明正大，反对阴谋诡计，对晏子的行为深恶痛绝，对三个勇士的死注入了深切的同情，鲜明地表明了自己做人的标准和治国的政治理念。

诸葛亮会弹琴、唱歌，最喜欢唱的就是《梁父吟》，一首流行于山东泰山一带非常优美的民间曲调。诸葛亮躬耕南阳时，或和友人一起击桌而唱，或在茅庐独自抱膝而吟，或登高望远临风高歌，显示出了他过人的才气和飘逸的风采！

此外，草庐亭是诸葛亮读书的地方。小虹桥是去隆中时必经之桥。六角井是生活用井。半月溪是小虹桥附近的一泓碧潭，清洁明净。

怀着钦佩和惋惜的心情，姨侄三人乘长途汽车返回南漳。又是一年一度的中元节。按故乡习俗，都要给过世亲人烧送纸钱。

趁在南漳最后一个星期日，他们乘车从县城关到武安镇去参观"张公祠"。纪念张自忠将军，与日军殊死地搏斗，最终以身殉国。

健仁亲自送别姨妈到襄阳，一直等到去武昌的火车慢慢开动，仍在月台上频频招手，眼睛里含着泪花。

第十二章　安顺之夏

长江三大火炉之一的武汉，夏天是很热的。健安特发来电报，恭请姨妈去安顺消夏。贵州是云贵高原，气候凉爽，夜晚还要盖薄毯子。由于路途遥远，车上时间又长，姨妈只好买卧铺票。健侬去武昌火车站购买武昌到昆明直达快车的安顺站卧铺票，并将到站的车次、时间、车厢号，电告安顺的哥哥。健侬夫妇陪同姨妈去车站，因是起点站，时间充裕，送上车，找好卧铺，后在站台上招手送别。姨妈也在车上挥手。

列车经过长沙、衡阳、贵阳等地，运行二十几个小时，正点到达安顺。健安在站台上接到了姨妈，相见时格外高兴，出站后乘公汽回家。

侄媳红霞在家门口迎接。见到姨妈时，高兴地喊："姨妈，姨妈。"

"哦，红霞！"姨妈望着好久未见的亲人，面带笑容。

健安个头较父亲稍矮点，将近1.7米，面庞匀称，略黑，说起话来，由于遗传基因，常带点幽默感。妻子红霞身高较丈夫矮些，山东女性身材，谈话直爽。

进屋后，大家在客厅中休息。

健安的家是二楼的三室两厅。房屋结构是大门进入后，左边是客厅，

中间放 张长方形小桌，玻璃桌面放茶杯。小方桌可当作饭桌用。周围放置两条沙发。对面条桌上放置长虹彩色电视机，同时摆放着热水瓶和小鱼缸。从条桌向左走是厨房。客厅右侧是两间卧室。从客厅向后进入小厅，再向左又是一间卧室。姨妈就住在那儿。窗户朝南，阳光充足，窗外有一小块场地是临近单位的小花房。卧室过道的尽头是卫生间。

健安是安顺园林绿化研究所的高工、总工程师。妻子红霞是会计师。夫妇俩有子女三人：老大是女儿，大学毕业，在学院任教师。老二是儿子，上高中。老三也是儿子，上初中。健安农校毕业后，曾在安顺果木场工作，工作认真，兢兢业业。曾解决果木有关重大问题，被调到研究所工作。妻子红霞原是果木场的会计，随丈夫一起调到研究所。

说来话长，安顺果木场的前身是安顺军马场。解放初期，红霞的父亲是山东威海人，体格强壮，是解放西南时，转业在当地参加工作的。那时有骑兵，当然有建养马场的必要，搞了几年，由于客观形势变化，该场就转变为安顺果木场了。从山东来的军人姜先生，和当地女同志结婚，先后就有四个子女，红霞是大女儿，还有两个弟弟和一个妹妹。

关岭即关索岭的简称，该县是全国唯一用三国历史人物命名的县。蜀将关羽之子关索率兵驻此。关索岭是滇黔古道之咽喉要塞，为兵家必争之地。这里留下了关帝庙、关索洞、诸葛营、孔明塘、孟获屯等。至今仍然供奉关羽大帝神像。安顺还有屯堡文化、夜郎文化和穿洞文化。有些方言，人们学习听懂它也是很有意义的。

休闲时，健安夫妇在客厅里和姨妈在一起谈谈心。

健安问："姨妈，你老身体可好？"

姨妈："我一直总是那个样，算好的，你呢？"

"我因在果木场工作期间，膝关节严重受损，现在经常发痛。"健安回忆道。

"你工作如何？"

"学校毕业后，我被分配到果木场工作。那时技术人员极少，只有我一个人，身上的担子是很重的，也很光荣。"健安继续回忆说，"果木场，曾出产金刺梨，美味可口。猕猴桃，质地柔软，口感酸甜，味道被描述为草莓、香蕉、菠萝三者的混合，含有猕猴桃碱，丰富的维生素C、果酸、柠檬酸等。后来，在研究所期间，我运用孟德尔遗传学说，对桂花传粉生物与杂交育种进行研究，终于研究成功花蕊多、香味浓、开花时间长的新品种桂花，就是'安顺市花'。"

"那真好哇！有意义，人生要有成就感。"姨妈为健安的成功而兴奋万分。

她转身说，"红霞，你身体好吗？"

"姨妈，我大体上好，不过，血压有些高，每天服药，血压保持在正常值。"

"那就好，不过要坚持不懈。还要经常测量血压，以防万一。"

"谢谢姨妈，医生曾多次提醒，我会特别注意的。"

安顺电影院放映《海外赤子》。健安夫妇陪同姨妈观看。看后，感慨万千。同时深爱那首主题歌《我爱你中国》。它不仅表达了海外华侨对祖国深深的热爱，也代表亿万中华儿女对祖国的家国情怀：

> 百灵鸟从蓝天飞过，我爱你中国，我爱你中国。
> 我爱你春天蓬勃的秧苗，我爱你秋日金黄的硕果。
> 我爱你青松气质，我爱你红梅品格。
> 我爱你家乡的甜蔗，好像乳汁滋润着我的心窝。
> 我爱你中国，我爱你中国。
> 我要把最美的歌儿献给你，我的母亲，我的祖国。
> 我爱你中国，我爱你中国。
> 我爱你碧波滚滚的南海，我爱你白雪飘飘的北国。
> 我爱你森林无边，我爱你群山巍峨。
> 我爱你淙淙的小河，荡着清波从我的梦中流过。
> 我爱你中国，我爱你中国。
> 我要把美好的青春献给你，我的母亲，我的祖国啊。

健安对姨妈说，曾被邀请到安顺老年大学讲课，讲述花卉课程。例如盆栽月季。

养花可调节身心，可优化环境，培养敬业精神和恒心、耐心。

月季花是非常喜光的植物，光照充足才能旺盛生长，开花好看。最好是全天都放在采光处，多晒太阳。但是夏季强光时，要及时挡住，否则长时间暴晒容易晒伤叶子。

月季喜欢润湿环境。虽有一定的耐旱能力，但盆栽的绝不可长时间缺水，否则会妨碍生长。浇水时间是早晨，发现表层土壤发干之后，就要及时浇水。若遇连续雨天，要及时避雨，绝不可让花盆中积水，造成烂根。

月季要及时施肥。萌发新芽阶段，可施加腐熟的饼肥水、豆渣肥等。花期时期再施加一次稀薄的肥水，保证养分足，促使它更长久地开花。

盆栽月季花要及时修剪处理，开花前需要抹芽，一个枝条上留一个花芽。通常月季留四至六个花芽即可，且要保证均匀。每次开花后，还要将花枝从基部剪截，并修剪病枝、枯枝、内向枝，促使养分更集中。

月季花生长速度快，盆栽养护的每一年春季还要换盆一次，并在花盆中施加基肥，满足对养分的根本需要。总而言之，养花如养人，人如果不吃够粮食，是绝对成长不好的。花儿也同样需要足够的肥水才行，道理是相通的。

再简述一下吊兰。盆栽吊兰给家里带来绿色，也净化了空气。它的特征是：

1. 喜半阴，光不能太强太弱。

2. 冬天注意防寒。

3. 喜水，生长旺盛期间保持盆土湿润。

4. 生长旺盛期，每半个月施液体肥一次。

5. 栽培与换盆适宜用疏松、肥沃的沙质土壤，最佳时节是春季。

6. 繁殖吊兰，生长很快。

希云爱看中央电视台播放的电视连续剧《上海一家人》。全剧 26 集。每晚一集，又是彩色的。属励志剧。

健安夫妇陪同姨妈一起观看。

想到那个年代，一个女孩子的成长和发展是多么的艰难，能做成一番事业比登天还要难。该剧由李莉执导，李羚、曹翠芬、谢园领衔主演。讲述了 20 世纪 20 年代末至上海解放前夕，发生在上海滩棚户区一家人的故事。若男的父亲，含恨离世，男儿孤苦伶仃，无依无靠，后被他父亲的好友李大哥收留，成为家中的一员。渐渐长大的若男，勤劳、善良、聪慧，在巧珍和私塾童先生的呵护帮助下，如饥似渴学习谋生的本领，以超人的毅力和韧劲儿，接受生活的挑战。由于时局的动荡，男儿的事业几起几落，历经坎坷，艰难地向成功迈进。

健安总希望姨妈在安顺过得愉快些。姨父自广州与姨妈分别后，一转眼 30 余年杳无音信。夫妇俩特陪同去举世闻名的"黄果树大瀑布"游览。从安顺市区到大瀑布约 50 公里，他们乘旅游车直达目的地。景区大门处，购门票，入园后稍走几步，三人就走到观景平台。在那儿纵目观望，瀑布宽约百米，高约 80 米，气势磅礴，声音轰鸣，水雾满天，好一番动人景象，是摄影留念的好地方。健安带着相机，姨妈站在中间，健安夫妇分立左右，请游人朋友帮忙拍照，留下难忘的纪念。

"黄果树大瀑布"曾在徐霞客游记中被写道："透陇隙南顾，则路左一溪悬捣，万练飞空，溪上石如莲叶下覆，中剜三门，水由叶上漫顶而下。如鲛绡万幅，横罩门外，直下者不可丈数计。捣珠崩玉，飞沫反涌，如烟雾腾空，势甚雄厉。所谓殊帘钩不卷，飞练挂遥峰。俱不足以拟其壮也。在所见的瀑布中，高峻数倍者有之，而从无此阔而大者。"

逐渐，黄果树瀑布就驰名中外了。

瀑布前方是很深的犀牛潭，左为悬岩峭壁，古木森林；右为钙华坡。雾珠腾空，当阳光照射时，那儿常常是一道道绚丽的彩虹。

观瀑亭，古雅之致，有清代书法家严寅亮写的名联：

白水如棉不用弓弹花自散
红霞似锦何须梭织天生成

三人从左侧小道攀登，进入瀑布下方小道中几个水帘洞。从洞里向外看。像老天爷下暴雨一般。难道这是《西游记》中的水帘洞吗？走完瀑布下方的岩石小道，出瀑布洞口，就是悬索木板小桥，摇荡有趣。绕道回来，再在观瀑亭中休息。

乘旅游车愉快地返回市区。

健安多才多艺，画了一幅安顺"黄果树瀑布秀丽风光"的山水画。构思奇特。瀑布宽且高，凌空飞泻，左侧悬崖峭壁，树木葱葱。右侧是青山，前方是犀牛潭，水面上一道如拱桥似的彩虹，象征着灿烂的人生。

这一年是姨妈的80岁生日，特地全家五口，欢聚在一起庆生。在餐馆订了五菜一汤。红烧肉火锅，肉质软烂，味道鲜美；茗粉，皮薄柔软，酸辣可口；豆腐圆子、糖醋鲤鱼、土司坨坨肉和青菜鸡蛋汤。餐后有火龙果，饮料是椰汁果汁。点着生日蜡烛，唱着歌曲，气氛甚浓，全家人共祝老人"生日快乐，健康长寿"。姨妈心中愉快万分。

休息日，健安夫妇陪同姨妈参观安顺蜡染博物馆。蜡染被誉为"东方古老的艺术之花"。常见的图案有山川风景、花鸟虫鱼、仕女人物、古代文物等，不拘一格。色彩通常采用红、黄、棕等多色套染。传统工艺是将蜂蜡融化后，用蜡刀蘸上蜡液，在白布上描绘各种图案，再放染缸，染液顺着附蜡的布面的裂纹渗透，留下人工难以刻画的自然花纹，然后经过去蜡漂洗，精美的蜡染作品就大功告成了。同时也有很多贵州高原古朴风味的作品，蓝底白花或白底蓝花，有很多爱好者在体验馆实地操作，确实很有意义。

从蜡染博物馆回家后，茶余饭后谈心。健安说："姨妈，我曾为老年大学编写讲义——《园林花木学》。讲述花木栽培知识。此外，还经常投稿《大众科学》《安顺晚报》，发表花木方面的文章。"随手拿了一篇给姨妈。

老人戴上老花镜仔细看。是一篇《赏花贵在品韵》：

赏花，是人们喜闻乐见的共同爱好。花卉绚丽多彩，既是天生丽质的自然美，又是经过劳动创造的艺术美。花，因所处的环境不同，又配置组合各异，显示出无穷多姿多彩的画面。花卉也是具有生命的有机体。随四时而变化，给人以勃勃生机，比其他造作的艺术品，更具特有的魅力。

花卉之美，概括起来，有色、香、姿、韵四个方面。通过人们的感官，直接感受到花卉的姹紫嫣红，千姿百态，绿色天香。对于大自然的造化或人为的巧夺天工，各种景象使人惊叹不已。"唯有牡丹真国色，花开时节动京城。"如此盛况，何以了得？可见赏花是人们生活中之乐事、盛事。

"凡书画当观韵"（黄庭坚语），观花赏花亦如此。韵花是由表及里，由感性向理性意境方面升毕，把赏花推向更高的层次。古人因赏花而咏花，留下了许多脍炙人口的佳作名句。从这一方面，也体现了我国民族文化的精神风貌。

因观花赏花，借景抒情的诗歌，把人们引向情景交融的境地。"枝间新绿一重重，小蕾深藏数点红"与"浓绿万枝红一点，动人春色不须多"有着异曲同工之妙，活脱脱地展现出一派清新淡雅的春景。而"马蹄春泥半是花"，寥寥数字，却道出了仲春景色，浓郁春的气息扑面而来。

宋代叶绍翁因《游园不值》，写出"满园春色关不住，一支红杏出墙来"这样耐人寻味的诗句，乐观情绪溢于言表。

"出淤泥而不染，濯清涟而不妖"，可谓咏荷之千古绝句。前人赏花尚能托物寄情，以花言志，表达出高风亮节的情操。"扎根山岩随意长，凌霜傲雪自在开""宁可抱香枝上老，不随黄叶舞西风""老树春深更着花"，朝代不同，而语出一辙，表达了我们所崇尚的品格。

与此相反，世人对柳絮杨花另有品评，故有"它本是无情物，一向南飞又北飞""颠狂柳絮随风舞，轻薄桃花逐水流"等贬语，可见，前人赏花不但体察入微，且倾注鲜明的思想感情，还能贴切地揭示出寓意很深的内涵。

因此，我们赏花，也应该在韵字上多下功夫，才能悟出某种真谛，达到陶冶情操的目的。

安顺这个地方，真是美得很。除了世界闻名的黄果树大瀑布外，还有瑶池琼玉般的龙宫，传说是东海龙王的水晶宫。

健安夫妇陪姨妈去游览。"龙宫"二字雕在岩石上，强劲有力。游客乘小船，船夫撑竹篙，直向对面的龙宫石壁划去，船夫回头冲游人一笑，说："今天龙王开了龙宫的门，我们要穿山而入了。"进入洞口，突然眼前一亮，灯光闪烁，进入巨大瑰丽的溶洞大厅，船在水中缓缓前行，洞中钟乳怪石嶙峋，在彩灯辉映下，千姿百态，惟妙惟肖。什么莲花宝座、罗纱锦帐、千年寿星、童子戏水，数不胜数。他讲起那些仙人和寿星的故事，大家听得如痴如醉。回程时，船夫又吹口哨，像是一曲幽幽的船歌，在洞中回响，仿佛进入了神仙的世界。

这些，武汉人是很难见到的，姨妈留下了难忘的记忆。

农历中元节，安顺习俗"放河灯"。健安夫妇陪同姨妈将一盏盏点亮的河灯放入水中，任其漂流，表达对逝去的父母、岳父母和远走台湾、生死未卜的姨父的缅怀之情。

希云在安顺度过了舒适的夏天，怀着惜别的心情，乘火车离开安顺回武汉。健安夫妇在车站站台上，依依送别。

第十三章　又是一个春天

大学放寒假了，过几天就是农历初一，咱们中国人从古以来都有过年的习俗。从传统而言，它是全家团圆的日子。我们国家春运规定为节前15天，节后25天。远在异乡工作的游子，都要赶回老家，和父母、亲人团聚，叙天伦之乐。

蜗居小屋的希云，"每逢佳节倍思亲"，对丈夫的思念从来也没有停止过，此情绵绵。健侬特地去请姨妈来家里一同过春节。

侄女儿的家，是大学职工宿舍，三室两厅。一进大门小客厅，过一钛合金毛玻璃小门儿，就是大客厅。右侧是大卧室，左侧是小、中卧室。过大客厅向前是封闭阳台。小客厅墙上挂着健仁赠送姐姐的、仿王羲之书法的两幅画。左侧是厨房。厅中摆着热水瓶、饭桌、冰箱和洗衣机。进大门后的左侧是卫生间。

客厅对面摆放彩色电视机。右侧墙上挂着健安赠送妹妹的水墨画。摆着一个小茶几和两把椅子。朴素大方。大客厅左侧墙上挂着学生送的挂钟。从大客厅去阳台的门，是两扇钛合金门框组成的毛玻璃门，非常实用。阳台外边铁质花架上，摆放着月季、太阳花等盆栽花卉。阳台朝南，阳光充足。房屋外边是宽敞的绿草地。

健侬最大的爱好是是养养花，晒晒和煦的太阳。

姨妈就住在朝南的中卧室。

抗日烽烟的日子里，健侬曾跟姨父、姨妈在巴东生活几年。朝夕相处，姨父曾戏称她为"巴东女孩儿"。健侬的哥哥开玩笑称她"巴东小妹"。弟弟则称她为"巴东姐姐"。许多亲朋好友，则戏称她为"巴东女"。童年往事，回忆起来很有趣味。

1987年1月28日，农历腊月二十九，除夕，晚餐时分姨妈、健侬夫妇和子女共六人，在大客厅，高高兴兴吃团年饭，一面吃，一面看电视节目。

晚八时，看中央电视台直播的节目。台湾歌手费翔上台，先喊一声外婆，感动了多少人，接着演唱了《故乡的云》《冬天里的一把火》。演唱时他满含泪珠，歌声婉转：

天边飘过故乡的云，他不停地向我召唤。当身边的微风轻轻吹起，有个声音在对我呼唤。

归来吧，归来哟！浪迹天涯的游子。归来吧，归来哟！别再四处飘泊。踏着沉重的脚步，归乡路是那么的漫长。当身边的微风轻轻吹起，吹来故乡泥土的芬芳。

归来吧，归来哟！浪迹天涯的游子。归来吧，归来哟！我已厌倦飘泊，我也是满怀疲惫，眼里是酸楚的泪。那故乡的风和故乡的云，为我抹去创痕。

我曾经豪情万丈，归来却空空的行囊。那故乡的风和故乡的云，为我抚平创伤。

零点钟声响完，就是兔年的开始。"炮竹声中除旧岁，桃符万户迎新春。"体育馆前的广场，鞭炮声响个不停，烟花光芒四射，凭窗望去，热闹异常。大约延续了半个小时，才能入睡。这又是一个春天。

正月初一午后，劲松夫妇照例来给伯母拜年，这也是故乡蕲州的古风习俗。在大客厅茶几上，摆放着"格盒"（糖果盒），内放六种不同的糖果：牛奶巧克力、武穴家乡的酥糖、咸花生、开心果、牛肉丁儿、五香瓜子等。两杯清香龙井茶。劲松说："祝伯母健康长寿。"希云说："你们大家都好吧？"答曰："都好。"

据姨妈的兴趣和爱好，通过 DVD 播放光盘，听中国唱片深圳公司出品的周璇的歌。

亲人们能在一起的时间不多，倾心而谈的机会更少。这一次，可说是最合适、最难得的机会了。

健侬的丈夫茂森，大学教授，中等身材，戴着 200 度近视眼镜，是教机械工程的。诚实敬业，谈吐逻辑性强，做任何事都是规划好再做。健侬的个子，比丈夫略小一点，眉清目秀，和蔼待人，个性温柔，脾气极好。

她和姨妈谈心时说："当时家庭困难，没能上大学，自己在工厂的技术组做设计工作，并帮助弟弟完成中专学业。"

姨妈说："很好嘛，帮助弟弟是应该的。"

三人边喝绿茶，边吃糖果谈心。健侬对姨妈说："春节联欢晚会前不到两个月，大约 1986 年 10 月，学生们返校，毕业后十周年聚会，茂森竟发现有一个学生未能返校，便亲自去郑州了解和关心。"

姨妈对茂森说："那位学生怎么样了？"言语中充满惊异和同情。

茂森说："聚会时，听到那位学生的消息后，聚会一结束我便立即乘火车到郑州。找到一位吴姓学生，让他和我一道去学生方义明住处。头一次没有找到，第二次通过一段曲折的过程，找到了他的住处，门一开，方义明还认得老师，激动地喊了一声。师生三人坐在一块儿。我很心酸，问：'你女儿呢？'答曰：'上学去了。'看到此情景，不像一个家。我的学生吴同学对我说，方义明离婚了，女儿跟前妻去了，现正在读小学六年

101

级，妻离子散。方义明同学，目光迟滞，不大会说话了。"

"那后来呢？"姨妈同样关心这位不幸的学生。

"我随后返回武汉，想尽一切办法找到他老家的亲人。"

"那你怎么找呢？"

"我曾经是他的班主任，只知道他是河南省光山县人。回汉后，我亲自写挂号信给河南省光山县县长，请他帮忙找到方义明的家。"

"光山县有回信吗？"

"有。我收到了方义明家乡乡政府的回信了，告诉我他哥哥姓名和详细通讯地址。随即和他的二哥方义华联系上了。方义明的父亲去世较早，上大学时，父亲就去世了。母亲是近年过世的。现在方义明只有大哥、二哥和妹妹了。我和方义华相约在郑州会面。"茂森谈话中非常感谢那位河南省光山县县长。

"他二哥按时去郑州了吗？"

"去了，我和他二哥方义华同住在小旅店里，商量办这个棘手的事。看来方义明有精神系统疾病了，我只是老师，只能建议他二哥办理。这件事办起来真难呀！折腾来折腾去，最后在河南省建设厅副厅长关怀、设计院帮助下解决了住院治疗问题。当我和方义华一同去见那位副厅长时，人家接待了我们，副厅长说：'老师，你专程从武汉来郑州，远道而来，为此事太操劳了。我们会立即处理。'我说：'厅长，太感谢您啦。棘手的事好办多了。'心里一直不忘那位副厅长的热情帮助。"

"方义明住院了吗？"

"是的，此事到此，住院大事总算解决了。第二天下午，精神病医院的汽车来了，方义明的二哥和我，随车送他住院。该院有标准病房和简易病房，结果汽车开到标准病房前，我对司机说：'我的学生很苦很穷，妻离子散。没有钱住呀！'司机随后将汽车开到简易病房楼下，我们将方义明交给医生。病房在二楼。当我们离开时，学生拉着我的手，不让我离开，那时我的心真的碎了。离开简易病房前，我曾对医生深情地说：'谢谢你们。'12月31日，我乘火车返汉，元旦前到家。后来，我和几位热心的学生，共同发起和组织学生成立救困基金，按自愿原则，秉持互助精神，同窗先后伸出同情之手，共募集 13000 多元，交由郑州方义明所在的居委管理使用。"

"那学生病情后来如何，有好转吗？"

"大约是次年三月底，住院历时三个月吧，我收到医院寄来一信，说可以出院了。我又写信给他光山县的二哥，立刻到郑州，我们两人去办理出院手续。同时我们买了两束鲜花，分别送给医生和医院办公室主任。方义明出院后，自己可以照顾自己了，按时服药即可。至此，我心中的石头终于落地。之后不久，《郑州晚报》曾电话采访我，我说：'我是方义明的班主任，他是我的学生。我和学生们的举动是应该的，别的老师也会这样做呀，但愿明天会更好。'"

姨妈说："茂森，好样的。你尽了为人师表的责任，听健侬说，毕业后就留在北京矿业学院当老师，后来怎么又去沈阳东北工学院了呢？"

茂森说："学院为了培养青年教师，派我前往当时的东北工学院进修。向苏联专家学习选矿机械课程。该课程是我国的空白点。"

姨妈问："怎么后来又调回武汉？"

茂森说："当时，我的两位学生在北京矿业学院教师楼（单身楼）的宿舍里答疑时，看到我桌上妻子抱着儿子的照片，学生问我：'妻儿现在在哪儿？'我说：'在武汉呀。''怎么不调来北京？'我说：'那很难。'学生说：'那就调回武汉吧。'我说：'说起来容易做起来很难。'那两位学生是煤炭部工作人员，考取北京矿院就读的，建议我去找学院党委杨书记。后来我硬着头皮去找，我说：'父母只生我一人，我既无兄弟又无姊妹，妻子、儿子，需要我调回武汉。'杨书记听完后说：'如果可能，一定能照顾你的实际困难。'结果不出三个月，我就真的调回武汉了。至今，我仍然感激和怀念他。由于工作需要，我先后在武汉设计院、湖北咸宁地区煤机厂工作过。最后又调回大学的教师岗位，教书育人，一路走来，多么不容易，很值得回忆。在教学中，我教授专业机械基本理论，鼓励培养学生的创新能力。其中应用科学的实验是极为重要的。有一次申请到少量资金，当时是 1000 元，在一个小机械厂制成'准无振动传递的振动筛'，运回学院我即进行模型机实验，实际是小型实验。"

"实验室有实验员帮忙吗？"

"有实验员，但他们都很忙。实在没有办法，只好叫自己的两个儿子日日夜夜帮忙一起干，经过多次实验，改进，再实验，再改进，终于成功了。那时正是人们家家户户吃团年饭的时候，我成功喜悦的心情难以言表。随后父子三人离开实验室，回家吃团年饭。这是人生最美好、最愉快的日子。"

姨妈接着问："茂森，你怎么想到这个研究课题的呢？是大学安排的研究任务，还是你自己提出的呢？"

茂森说："是自己提出申请，经科研处审批同意，并拨款资助的。以前，我在设计院工作，院方提出要求我研制电热筛，解决湿煤分级问题。当初，在河南焦作朱村煤矿的筛分分级车间里，发现楼板震动实在太大，工人长期工作会很难受，时间久了会影响身心健康。我感同身受，于是萌生了解决的念头。我调来大学时，恰好开设选矿机械课程，具备了创造的条件。"

"那后来呢？"

"我以论文形式，发表在国内著名的杂志《选矿机械》上。"

姨妈继续漫谈："茂森，这项研究工作很有意义。听健侬说你们俩以前去过西安和济南旅游，好玩儿吗？"

"是啊，那是大学工会组织的。"

健侬随即拿来当年的照片，给姨妈解说："姨妈，西安是中国历史上朝代最多的古都。唐朝是最突出的。现今留存的古迹中，秦始皇陵规模宏大。兵马俑是秦始皇的殉葬区，战车、战马和士兵栩栩如生，和真实尺寸相当，联合国教科文组织将其列为世界遗产名录。它有四个坑，兵马俑的数量非常惊人。我们在华清池石碑前摄影留念。在黄陵县的桥山镇，拜谒了黄帝陵。时逢中午，在镇上饭馆，尝陕西风味的午餐。我们还去看壶口瀑布，它是中国第二大瀑布，是世界上最大的黄色瀑布。黄河奔流至此，两岸石壁峭立，收缩如壶口。您记得《黄河大合唱》的雄伟画面吗？看了它，真正感到气势磅礴啊！游览时所到之处几乎都拍影留念，所以今天才有了向姨妈解说了的机会。"

"你俩人这次去西安，很有意义。"

茂森高兴地对姨妈说："我少年时的好友，也是我桃园结义的兄弟在济南。我一生就没有兄弟姊妹，他犹如亲哥哥一样，长期书信往来，从未间断。他邀请健侬和我赴济南一游，并专程去曲阜和泰山，这是多年的夙愿。这些照片非常珍贵。济南又称泉城，泉水很多。趵突泉、大明湖等太美了。汽车到泰山停车场，时令五月，山上穿棉衣，像过冬天一样。我们一行乘缆车登山，到头天门步行登山顶，回头望四周，山下有很多飘忽的白云，真有点天上人间的感觉。见到'泰山石敢当'碑石，后再到曲阜。那儿是至圣先师孔夫子的家乡。我小时候上私塾读书，学《论语》《中庸》。铭记在心。在孔庙、孔府和孔林，我们拍了很多照片珍藏。又到尼山书院、夫子洞和邻近一个亭了，传说是当年孔子向弟了传授名言的地方。"

随后，他拿出当年制作的两张 DVD 光盘播放。说，"光盘分上、下集。献给亲爱的明兄留念。标题是'百味人生的峥嵘岁月'。最后一段话是：'我舅父最喜爱（我也是）的京剧是《四郎探母》。我最喜欢吃的东西是花生米。我最喜欢的音乐是《二泉映月》。'"

姨妈说："好！有意义。"

茂森说："前些天，我去中学找一位范老师。问及设计院的老袁高工，何时回的武汉。想了解一下钢连铸工艺。范老师是袁工的爱人，老袁是我大学时的好友。我发现，学校学生墙报上刊登的一首新诗，写得很好。"

他把抄的诗给姨妈看。上面写的是：

银蟾下

夜深人静，银蟾下，清风徐徐，微凉。

只身一人，向南行，细寻昔人，难寻。

举头遥望明月，皎洁圆满，沉醉。

俯首回忆往昔，悲欢离合，怀念。

千万年前，银蟾挂天边，佳人才子相依。

千万年后，银蟾犹未变，早已物是人非。"

曾记否？甜言蜜语，陪伴是最长情的告白。

念如今，沧海桑田，背叛成最绝情的诠释。

举樽对月，琥珀琼浆，微酌。

极目赏月，阴晴玉盘，细观。

长夜漫漫，心微碎，银蟾缓落，渐入梦乡。

次日清晨，身微凉，太阳初升，大梦初醒。

昔时已逝，皆早已过去。

将来未知，征程刚开始。

凤凰经涅槃，方浴火重生。

人克服困苦，方通向辉煌。

人生都是很相似的，最需要的是正能量，心向阳光。

　　姨妈仔细看完，很欣赏这首新诗。

　　茂森谈了自己的感受："姨妈，我感悟到人生如凤凰涅槃，方浴火重生，但是要从基本的做起才好。简单地说：如果能够做到新鲜的空气，充足的阳光，合理的饮食，适当的运动，平常的心态，尽力的奉献，无愧的人生，就算达标了。这是正能量。我长期以来严格要求自己。这些事儿，说起来容易，持之以恒就很难了。人的想法很美好，可现实很残酷。有的人盲目地追星，想早一点变凤凰，毫无意义。任何成功都是汗水换来的。谈到身体健康，几十年来，我除了当年在沈阳跟苏联专家进修的时候，因严寒不幸得了大叶性肺炎，在校医院治疗治愈了。从此以后，多少年来一直没有住过医院，可以说身体还不错。这和我长期坚持那上述几点，密切相关。后来年纪大了，双手无力上抬。到医院看病，碰到一位年轻的医生，说：'你吃得太少了，哪有力气呢？'我照医生的话来做，体重增加了，力气没有提高。经检查，血脂反而超标。结果发现力气是锻炼出来的。我很注意周围的人。比我瘦的，力气比我大。为此，我买了个电子体重秤，每天称体重，锻炼力气，结果都达标了。"

姨妈点头赞赏。

健侬陪着姨妈观看电视连续剧《红楼梦》。不久又陪姨妈看电影《城南旧事》。它是根据台湾作家的同名小说改编的。插曲引起了姨妈伤心的回忆。

第十四章　海峡归来

美籍华人陈香梅女士转告，应该让那些已经在台湾的人，回到大陆探亲。

喜讯传来，健安按姨妈的嘱托，千方百计寻找姨父的下落，是生还是死，是否在台湾，还是在其他地方。抱着一丝希望试他一试。健安反映了情况，希望能帮忙寻找姨父骆汉青先生。寻人不很容易，有一点像大海捞针。

头一次，半年过去了，没有回音。第二次又半年过去了，同样石沉大海。后来健安和姨妈商量，最后再申请一次试试，盼星星、盼月亮，出人意料地竟然收到了一封来自泰国的信件。姨妈真是欣喜若狂。健安、健侬和健仁的全家人，闻之都跳了起来。

1989 年 9 月 29 日，汉青乘飞机终于回到阔别几十年的武汉。他过去的挚友，贺先生盛情邀请，他这次归来首先在贺家歇身，可见友情很不一般。楼上房间条件很舒适。

是夜，汉青心潮澎湃，提笔赋诗：

圆梦 七绝

别梦依稀四十秋，涕泪衣衫水似流。

谁知皓首今朝聚，卿卿我我再无忧。

汉青想，从今而后，再也不会有"漫漫相思两地同"了。

希云感慨地对丈夫说："自1949年广州离别，期待了40年，为你烧纸钱——望生钱祭奠，也足足30载。我真没有料到能有今天，人生是一场梦。"

天亮了，阳光照在窗帘上，显得格外温暖，心情也格外舒畅，武汉是几十年魂归梦绕的地方。难忘呀，真难忘！

远在广州的好友，祥安、春芳夫妇得知消息后，特地乘火车到武汉来看望汉青先生。他们和贺先生夫妇也是好友，大家真是太期待了，高朋满座，谈笑风生，其乐融融，各自倾谈几十年来的往事、趣事。特别关心汉青在台湾这么多年来的日子是怎么过的？汉青说："自己一方面是把工作做好，那是第一位的，敬业嘛。其他的就学刘伯温算卦，掐指一算，40年后能回大陆探亲，并和挚友重逢。你看，今天真的实现了。我的卦不是很灵吗？"

大家捧腹大笑。

贺先生夫妇为挚友接风洗尘。客厅中，大圆桌很精致，八菜两汤，丰盛可口。这是首次尝到家乡的味道。家乡的菜，家乡的饭真香、真甜、真美。

聚餐时，贺先生热情地说："明天邀朋友去看看黄鹤楼公园。"都说："太好了。"

次日，一行六人同去，贺先生是老武汉，很熟悉，可算是当然的向导。

休息数日后，侄女健侬请姨父、姨母和祥安叔、春芳婶一块儿到大学的教工宿舍来住。这里是三室两厅，居住条件也不错。健侬的父亲和祥安叔只是同姓而已，但关系很好，胜似兄弟。祥安叔对健侬的父亲也是感恩图报的。

在交谈中，戊淼向姨父、祥安叔谈起曾在黄鹤楼游览，听耄耋的老船长说："在修建武汉长江大桥以前，平汉铁路、粤汉铁路都通车了。长江却隔断铁路，阻碍交通，成了最大最现实的问题。过去，火车过江至少要两个小时，如果是一列从北平南下的火车，乘客需先在汉口大智路火车站下车，从粤汉码头搭乘专线轮渡，过江到徐家棚车站，等待重新上车。火车开到江岸车站进行解体，车厢经过编组，由专用火车头推到刘家庙码头，然后换乘轮渡到达徐家棚码头后，车厢拉上岸，完后编组驶向车站，接走等待在那里的旅客。新中国成立后，武汉长江大桥建成了，多方便呀！"

阔别40年之久，云山远隔，从台北回乡的天涯游子，这一趟探亲是多么艰难、期待与欢欣。来日无多，健侬夫妇租了两辆出租车，陪同姨父母、祥安叔夫妇去参观汉阳龟山电视塔。买好门票，乘电梯，升至最高层大厅，环顾四周，高楼挺立，百舸争流，一眼望不到尽头。纷纷开始摄影，留下这个难忘的镜头。

禹稷行宫。纪念三过其门而不入的禹王治水的伟大功勋。中有大禹塑像。

铁门关。始建于三国时期，吴魏相争。设关在此，它是武汉重要的军事要塞。

中山公园是武汉人常去的地方，那儿是汉青、希云早年约会常去的公园。旧地重游，边走边谈。

在湖心亭中稍息。时值中午时分，健侬请姨父母、祥安叔夫妇，前去武汉驰名的四季美汤包馆用餐，根据口味，点了蟹黄汤包和莲子桂花白木耳羹。40年后再品尝它，回味无穷。

热干面是武汉的又一张名片，几乎所有初次来武汉的人，都要尝尝。几十年后的游子返乡，都想再一次回味。前往蔡林记，味香可口。

汉青、祥安都是古典文学的爱好者，特别是汉青，从台北归来，家国情怀更为珍惜。健侬夫妇陪同一行六人来到湖北省博物馆。映入眼帘的建筑是高台基、宽屋檐、大坡面屋顶，营造着历史文化气息。人们都知道越王勾践卧薪尝胆的故事，今天能亲眼见到"越王勾践剑"，逾数千年而不锈，可见当时工艺水平是相当独特和惊人的。漫步走来，还看到许多的珍品。

后来，进入编钟馆，他们欣赏编钟乐曲演奏。

演奏了六首:《竹枝词》(编钟与编磬)、《春江花月夜》(古乐合奏)、《屈原问渡》(古乐合奏)、《楚殇》(古乐合奏)、《幽兰》(古琴与编钟)、《国殇》(古乐合奏)。

演奏结束后，观众报以热烈的掌声。

汉青说:"祥安，编钟演奏，是民族的瑰宝。在台湾看不到。真好啊。"

后来，乘出租车抵达东湖的老大门(现在的西北门)，立马看到大门门楼上的"东湖"二字。东湖前身是民族资本家周苍柏先生的私家花园，叫"海光农圃"。解放初期建了行吟阁，阁前有屈原塑像，旁有屈原纪念馆。如今的东湖风景区，增大了好几十倍。

自行吟阁码头乘游船赴磨山，船慢慢地航行，汉青和希云朝西南方向远望，依稀看到了珞珈山，仿佛回到当年约会的地方。人生如梦。磨山三面环水，六峰逶迤，既有优美如画的自然风光，又有丰富的楚文化人文景观——楚城。进去一游，像是见到了古代楚国一样。从磨山码头乘游船返回行吟阁的船上，导游介绍说:"在东湖的北面，有一处白马洲，相传公元208年赤壁之战后，鲁肃转回夏口，骑马过洲，战马陷泥而死，鲁肃含泪葬马于洲，故称白马洲。旁边有个吹笛山，相传明代皇帝朱元璋的第六子朱桢被封在武昌时，曾在此地吹过笛子，此山因而得名为吹笛山。这两景区暂时还没有开通航线，等将来开通了，欢迎各位游客再光临，今天只是预告啊！"

船上的游客都哈哈笑起来。

第十五章　宏伟哉　葛洲坝

汉青一行六人，都渴望去葛洲坝看看。茂森租了一辆中巴车，邀请他们赴宜昌参观。当时没有高速，但各县市交通公路还是相当不错的。路途较远，汽车到达荆州的时候，大家有点饿。于是找到一家饭店，先坐下喝点茶水，点了荆州鱼丸、千张扣肉和江陵八宝饭。

据知，荆州古城是春秋战国时代楚国的京都"郢都"——纪南城，先后有六个朝代、34个皇帝在此建都。古城保持较好，有五座城门。上有城门楼。古城分三层，最外层为水城，中间是砖城，里面是土城。城楼分别是：宾阳楼、望江楼、曲江楼等。当他们站在城楼时，仿佛看到大战荆州的情景。

中巴车继续向前奔驰。到达的时候已经是万家灯火了。宜昌夜景很美。在宾馆办好手续，住房安排好后，他们即去餐馆吃了一顿晚餐。长途旅行肯定是令人疲劳的，但还是有意义的！汉青姨父知道三国的许多故事，很想去当阳县的"关陵"参观。从宜昌到当阳关陵路程80公里。

关陵，是关公陵墓所在地，规模宏伟，建筑群以宫墙相连，红砖黄瓦，富丽堂皇。陵园采用中轴对称式帝陵规制，神道由前而后排列着：碑亭、华表、石坊、三园、马殿、拜殿、正殿、寝殿等。正殿内供奉关羽父子和周仓的大型塑像。还有台湾同胞捐赠的"关公铜像"。正殿大门上方有清同治皇帝御笔"威震华夏"的金字匾额。墓前碑亭中，立有"汉寿亭侯"碑。

《三国志》记载：关羽死后，首级被孙权送给曹操，曹操以诸侯礼将其葬于洛阳，即今天的"关林"。同时，孙权将关羽身躯以诸侯之礼葬于当阳，即今天的"关陵"，遂有"头枕洛阳，身卧当阳"之说。

茂森对姨父说："从前我去洛阳出差时，曾到过关林镇的关林，规模也很大，那是埋葬关羽首级的地方。仪门上有'威扬六合'匾额，系慈禧太后御笔，十分珍贵。隔墙上各镶嵌刻石一方，东侧为岳飞画的关圣帝君像，是岳飞缅怀关羽的英勇忠义而作。西侧的关帝诗竹，为关羽亲手所绘，竹画的竹叶，点缀成诗：'不谢东君意，丹青独立名。莫嫌孤叶淡，终久不凋零。'从历史角度看，关羽真称得上是又武又文的大将军。"

全国有三大关帝庙，宜昌市的当阳，河南的洛阳和山西运城市的解州。解州是关羽的家乡，仅是衣冠冢。

传说关羽死后，身首分离，魂魄未能同身躯入土为安，每晚，魂魄便在当阳玉泉寺游荡，呼曰："还我头来，还我头来。"妇幼惊骇，四邻不安。时任玉泉寺住持便劝解关羽说："汝一生取过多少人头？仅过五关斩六将，便有多少不宁之魂，你为他们想过吗？"关羽闻之，深为惭愧，从此魂归陵寝，恢复往日平静。玉泉寺有关羽显圣处景观。十分有趣的是，关陵墓冢后树林，都没有树梢，是天人合一，纪念关帝，还是关羽显圣？其实，经科学论证，该处属雷击区，树长到一定的高度，就被电劈雷斩。

宜昌的三游洞，赫赫有名。唐代诗人白居易、白行简，宋代苏洵、苏轼、苏辙和欧阳修、黄庭坚等人均到过此地，颇有盛名。

唐宪宗时，白居易在任左拾遗时，因性情耿直，得罪当朝太监和大臣。同僚元稹遭宦官刘士元鞭打，被贬通州（今四川达川），白居易为其辩解，后遭迫害，降职去江州（今江西九江）。后来升忠州（重庆忠县）刺史，其弟白行简同行赴任，与元稹在西陵峡相遇，饮宴时发现此洞。白居易作序书于石壁，序尾言道"以吾三人始游，故为三游洞"。三游洞处于绝壁之上。洞中有钟乳石。洞顶之悬石，击之有声，名为"天钟"。地面之凸石，称为"地鼓"。三游洞景色奇丽，曾被古人誉为"幻境"。历代途经夷陵（宜昌）的文人，多到此一游。并以楷、隶、行、草各种字体和诗歌、散文、壁画、题记等形式写景抒情，镌刻于石壁之上。

在西陵山峰顶，还有张飞擂鼓台，刘备联合孙权火烧赤壁之后，刘备既定江南，以张飞为宜都太守征虏将军。

谈起旅游，表面上是去走一走，看一看，走马观花，潜在的好处是调节身心，有益健康，凝集了中华民族的浩然正气，加深了人们的家国情怀。

到了屈原故里——秭归，距宜昌只有60公里。传说秭归县名与屈原有关。屈原有个姐姐，在屈原被流放前，曾特地赶回来宽慰弟弟，此情此景，感人至深。后人为表示对这位姐姐的敬意，把县名改为"姊归"，后演变为今日的"秭归"。屈原还有一个妹妹叫"幺姑"，对哥哥的情很深。子观鸟是幺姑的精灵所化，每年农历五月，此鸟叫声是："我哥回哟，我哥回哟！"以提醒人们做粽子、修龙舟，迎接端午，纪念屈原。

屈原祠。祠内有山门、屈原青铜像、衣冠冢，屈原陈列馆和东西碑廊。屈原铜像。诗人头微抬，眉宇紧锁，体稍前倾，迈动右脚，提起左手，两袖生风。表现出屈原爱国爱民的满腔热情和孤忠高洁的精神境界。

衣冠冢前的石柱上，镌有楹联。东西碑廊是屈原的《离骚》《九歌》《九章》《天问》石碑。

秭归是柑橘之乡，从屈原时代就开始了。深秋时节，满目都是橘林，青枝绿叶藏红果，如诗如画。

还有读书洞、玉米三丘和照面井等。就说照面井的故事吧。秭归的香炉坪对面的伏虎山山坡上，有古井，相传是屈原所凿，因为岩石特别坚硬，挖了很久才挖了一个小坑。他毫不灰心，终于感动了山神，山神赠给他一把铁锹，他又挖了七七四十九天，终于挖成了这个井，此后四季清澈。屈原和姐姐每年都要来井前，梳洗整妆，故名照面井。

在这个美好的日子里，他们用随身携带索尼微型摄像机，录下"屈原故里""屈原祠"和旖旎的长江风光。

这台摄像机是汉青从台湾带回来的。

这次去宜昌，最主要的是亲眼看看葛洲坝的雄姿。一行人，先到葛洲坝工程局接待室，观看大坝的电动模型和大江截流彩色电视纪录片。同时，茂森在大学办理介绍信，称教授的亲人——台胞想参观水轮机发电机房。工程局办公室同志闻之，欣然批示同意。

汉青聘请了当地的导游，向导游说明，全程摄像，将来带回台湾做纪念，希望导游能支持和谅解。对方对此深表理解和支持。

导游说："各位来宾，大家好，一路辛苦了。欢迎大家来参观，我是夷陵旅游公司的导游，我姓周，大家叫我小周好了。葛洲坝水利工程位于湖北省宜昌市三峡出口南津关下游约三公里处。长江出三峡峡谷后，水流由东急转向南，江面由 390 米，突然扩宽到 2200 米。由于泥沙沉积，在河面上形成葛洲坝、西坝两岛，把长江分为大江、二江和三江。大江为长江主干道，二江和三江在枯水季节断流。葛洲坝水利工程由船闸、电站厂房、泄水闸、冲沙闸及挡水建筑物组成……"

后来，导游领他们在一号船闸处观看上水客轮是如何过闸的。先是上游闸门关闭，下游闸门打开，这时上水客轮进入一号船闸内，待整个船身进入后，关闭下游闸门。再打开上游闸门充水，经一定时间后，轮船上行过闸。看起来十分有趣。

当乘江渝客轮离开宜昌港时，船先向上游驶去，至江心处，掉船头向下游的当儿，汉青用摄像机记录了大坝的宏伟雄姿。

船到荆州，从船前进的方向右侧望去，见到公安县境内的大片地方，都是有名的荆江分洪区，它对确保荆江大堤，江汉平原或武汉市防洪安全起到重要的作用。

城陵矶在洞庭湖与长江交汇处，是洞庭湖的重要港口，其地位何其重要。清朝时，城陵矶有城墙，城楼门楣上有"城陵埠"三个大字。设有海关，城门两边石刻楹联是：

城陵据全楚上游，来百工，柔远人，互市通商开重镇
洞庭为三湘巨浸，东长江，南衡岳，关阘锁钥束中流

岳阳楼位于洞庭湖之滨，楼中有著名的《岳阳楼记》，是范仲淹的名篇。"先天下之忧而忧，后天下之乐而乐"，永远鼓舞后人，"天下兴亡，匹夫有责"。

客轮按自身的航路继续航行，人们向右侧望去，能看到高大、雄壮有力的两个大字"赤壁"。据三国志考证，这是三国时期"火烧赤壁"的地方。

江渝轮缓缓停靠在汉口港码头，人们渐渐离去。

第十六章　近乡情更怯

"故乡的山，故乡的水，故乡有我童年的足印。"汉青离开故乡，已是40 年前，这次返大陆探亲，终于见到了妻子，内心的喜悦是无法用语言来形容的。与妻子一道去家乡蕲州，这是每位身在遥远异乡的儿女的共同愿望。

汉青对祥安说："这次在武汉，能有幸看到武汉长江大桥、葛洲坝及许多名胜古迹，终生难忘。我和希云商量去老家拜祭亲人的墓地，然后去庐山一游，机会难得。庐山离希云的老家武穴又近，你和春芳也和我们一道去庐山吗？"

祥安说："谢谢你们的好意，昨天接到电报，春芳的妹妹在昆明，那里气候四季如春，邀请我们去，再说庐山前两年我们去过了，不再陪二位了。祝旅途愉快！"

汉青说："台湾这边还没有开放三通，将来开放了，请你们去台湾观光，好吗？"

祥安说："到那个时候，我们一定来。"

"我和希云期待在台北相聚的日子。"

买好轮船票，汉青、希云、劲松、健侬和茂森一行五人，往汉口长航码头乘江安轮回老家。

大客轮向下游航行，放眼望去，右边高大的烟囱处，就是鼎鼎有名的武汉钢铁公司。今天的武汉，已经是重工业城市，今非昔比，国家的变化多大啊！

江上的风不大，姨父母和健侬夫妇一道，在欣赏长江两岸的风光。茂森告诉姨父："轮船的前方，江中间靠岸较近的那个庙，就是鄂州龙蟠矶上的观音阁。市镇内的高烟囱是鄂城钢铁公司，我有好几个学生分配在那儿工作。前两年我去鄂钢出差时，抽空在学生陪同下，参观了江心中的观音阁。有一亭三殿二楼，分别是观澜亭、东方朔殿、观音殿、老君殿和纯阳楼、寅宾楼，集儒释道于一家，颇具特色。清朝诗人在诗作《龙蟠晓渡》中描述：'峭壁起江心，层台水面浮。岂堪龙久卧，但见石长留。云影轻翻去，挠声夜渡头。问津何处是，一柱砥中流。'"

姨父说："涨水时会淹没吗？"

"从来没有淹没过。"

"茂森，你知道鄂州的历史吗？"

"不知道。"

"鄂州在魏蜀吴三国时代叫武昌，曾是吴国首都。"

"啊，鄂州的历史真久远呐。今天来看。武汉美味的武昌鱼就是鄂城的梁子湖出产的。"

这时，一行人走到船前进方向的左侧船舷道上。茂森对姨父说："轮船左边的城市，是黄州。"

姨父说："那是很值得缅怀的。苏东坡在这里写过《赤壁怀古》，你读过吗？"

茂森："没有。"

姨父记忆力很好，即吟诵开来："大江东去，浪淘尽，千古风流人物。故垒西边，人道是，三国周郎赤壁……"

几百年沧桑，当年的赤壁如今却已不在江边。泥沙淤积，但可以想象苏东坡时代的赤壁雄姿。

离武穴不远的田家镇到了，对岸就是半壁山，是一个军事要塞，又称"长江锁钥"，它一面临江，悬崖高逾百米，蔚为雄观。大江到此突然被锁窄，平水季节仅宽 500 米，崖下江流湍急，惊涛拍岸，扣人心弦。昔人有诗云：

突兀峥嵘半壁山，长江锁钥挽狂澜。

巍然门户雄三楚，浪极风雷出险关。

茂森说："半壁山是湖北省阳新县管辖，我小时候，随全家一起躲日本人，避难在阳新。见过很多人，肚子很大，面色难看，不知道是什么病。解放后，在学校读书时，才晓得那是血吸虫病。可怕！"

姨父问："现在怎样？"

茂森说："自 1956 年，全国开展大规模防治以来，有翻天覆地的变化。全民动员，消灭血吸虫病。仅用了两年时间，余江县就根绝了血吸虫病。"

武穴终于到达。汉青一行五人上岸，先住在旅馆休息。次日，汉青、希云在劲松陪同下，乘小轮到蕲州老家。健侬夫妇在武穴等候。当小轮驶离武穴港后，上水航行，离蕲州越来越近。汉青心情非常复杂，既高兴又担心。快到田家镇，小客轮不停靠。劲松说："大伯，我们在武穴上船后，见到对岸高山山脚下的小村，就是黄沙村，属江西瑞昌县境内。现在又看到了田家镇对岸的半壁山要塞，它自古以来是兵家必争之地。"

汉青凝神遥望，心潮起伏不平。

"呜呜"，小客轮汽笛声拉响，蕲州，梦魂萦绕的故乡，终于盼到了，这一等就是 40 年。

三人上岸后，突然有一位老人迎面上前，心里有点儿疑惑，担心认错人，谨慎地说："你是汉青大哥吧？"

汉青说："凝和弟，凝和小弟。"

老兄弟两人相拥而泣。

一行人进家后，相继坐下来歇息。凝和的儿子和孙子老望着，从未见过面，真是"少小离家老大回，乡音无改鬓毛衰。儿童相见不相识。笑问客从何处来？"

屋前的树影很短，日近中天，全家人团聚在一起吃午餐，汉青 40 年来头一次尝到家乡味，心中泛起阵阵辛酸的回忆。饭后在屋里漫步，半小时后，两老睡午觉了。这是多年来养成的好习惯。

久别的亲人，围在一起，喝一杯家乡的老茶。

凝和说："大哥，你 1949 年离开广州以后，怎样了？"

"1949 年广州解放前大约两个星期，我就离开了广州，乘轮船到达香港。当时，船票极其难买，本想买三张票，你嫂嫂、健安一道去台湾的。但最后只能买到一张，万般无奈，我独自去了香港。在那儿等到好朋友寄来的接收证后，乘海轮到台中港。再转往台北，在那儿一待竟是 40 年。"

凝和转身问："大嫂呢？"

希云说："你大哥一人去台湾后，我就去了贵阳，生活了十几年，后来回到武汉。"

凝和说："那段日子一定很艰难吧？"

希云感叹地说："那段岁月真难呀！"

凝和说："大哥，你在台湾干什么工作？"

汉青说："我一直在公路交通总局工作，直到退休。"

凝和说："那很好，工作稳定。后来怎么回大陆的？"

"是健安通过九三学社三次发寻人启事。我一个朋友告诉我说，'你大陆的亲人在登报找你呀！'就这样，才有今天的相聚。"

"啊，真不容易呀！"

汉青关心地问："凝和弟，侄儿的情况如何？"

凝和说："他高中毕业后就在小学当老师，工作认真，深得信任。后来当上了小学校长。"

汉青问："侄孙子如何？"

凝和说："他爸教育有方，高中毕业后考上了航空航天大学，正在火箭发动机系学习。"

汉青说："太好了，这才是咱们中国人的志气。"

"游子还乡终有日，思亲百世总难忘。"40 年来，没有给父母亲的墓祭奠，万分惭愧。如今，在弟弟的陪同下，汉青拿着毛巾将墓碑擦净，将四周的杂草清除干净。万字头的鞭炮声震天空，汉青、希云在坟前深深三鞠躬。在墓地逗留了近半个小时。

这一别，又不知道会多少年后才能再来祭奠。

这个旧时的小镇，如今是旧貌换新颜，几乎不认识了。繁华的街道，小汽车来往穿梭。过去那个年代，别说小汽车，就是交通车也没有。

蕲州古城，保存完好，修葺一新，李时珍父子墓，墓碑保存完好。在雄武门顶平台上，建有纪念李时珍采药的"医圣阁"。古蕲州曾流传"指草皆为药，路人皆懂医"的谚语，其药市亦繁华异常。

"千门万户悬菖艾，出城十里闻药香。"更有"人往圣乡朝医圣，药到蕲州方见奇"之说。

汉青见亲人，扫扫墓，亲眼见到故乡的巨变，铭记在心。亲爱的故乡，再见。

汉青、希云和劲松，难舍依依，登上去武穴的小客轮离开蕲州，凝和全家来码头送别。

很快到达武穴港码头。汉青三人到原来的旅馆，健侬夫妇在那儿等着呢。汉青、希云住下来。根据原来商定的计划，劲松因请假日期所限，必须回武汉上班。

劲松说："大伯、伯母，我无法陪同二老，只好请健侬妹夫妇代劳。愿二老一路平安。"

"劲松，一路上照应我们，你辛苦了，你要多多注意安全，注意健康。"

第二天早上，汉青、希云和健侬夫妇用完早餐后，到吕家山去扫希云父母的墓。

汉青、希云面带忧伤，神情凝重，在坟前摆好祭品，点香、点烛、放鞭炮，对岳父母、父母的墓碑深深地行三鞠躬礼。健侬夫妇接着在外公外婆墓前跪拜。

吕家山其实是个小丘陵。在它附近，是一片橘子园。深处，就是健侬父母的墓地。汉青、希云这次能有机会祭奠姐夫和姐姐，非常不容易。但愿"来世再一次做姐妹"。

黄家的侄儿，华鸣前来旅馆看望姑姑、姑父。他的祖父母就是希云的养父母，希云常说的黄爸黄妈。

　　华鸣说："姑姑、姑父，今天来特地请二老到我家吃顿便饭①。同时请健侬妹夫妇一起来。"

　　希云说："下午 3 点左右，我们一块儿去。"

　　华鸣热情招待亲人。

　　汉青说："华鸣呀，解放后，你家里情况如何？"

　　华鸣说："姑父，解放后，刚开始撑了几年，后来爷爷过世了。父辈兄弟六个，大伯、二伯、三伯、四伯都转行了。我父亲是老五，改做其他生意。我本人在一冶公司工作，后退休在家。老六叔叔也改行做其他的。他的儿子华美在武穴粮食公司工作。现在老一辈都过世了，只剩下我和华美。"

　　汉青、希云、黄家在武穴的亲人，还有健侬夫妇，共十来人，举杯相饮。菜肴丰盛。

　　饭后休息片刻，华鸣、华美陪着姑父、姑姑一道上坟，在黄爸、黄妈的墓碑前，汉青和希云上香、上蜡烛、老人生前喜欢吃的食品，燃放万字头大鞭炮，响声震天，然后深深三鞠躬，满含愧疚之情，感谢二老的教养之恩，以后如果有机会还要来祭拜，愿在天之灵安息。

　　离开武穴，他们乘江汉轮去九江，继续梦寐以求的庐山之旅。汉青、希云两人站在船尾平台处眺望。武穴，故乡啊，再见！

　　"故乡的土，故乡的情，故乡有我少年的余韵……"

---

① 当地人一种谦虚的话。

第十七章　畅游庐山

庐山是多少游人向往的地方。特别是汉青阔别大陆 40 年，这次能回老家探亲，机不可失。能和久别的妻子希云及侄女健侬夫妇一道到庐山观光，真是太高兴了。

江安轮到九江后，健侬包租一辆登山的小面包车，直达庐山上的望江宾馆。它离望江亭很近。临近黄昏，天空的云渐渐多了起来，但没有雨。汉青一行向望江亭走去，纵目遥望，北面开阔，刚开始能看到长江和九江市，后来看不到了。浮云忽成云海，时稀时浓，仿佛人在仙境一般，简直美极了。后来，起风了，云海渐渐消失。远方是奔流不尽的长江，和九江市构成一幅景色迷人的山水画。

茂森先后三次到庐山，先是和咸宁机械厂的工人师傅，利用休假之便来的。后来在大学工作期间，利用假期约同分配到武汉工作的老同学来的。所以健侬采取包租小面包车自由行，这样更自在开心。于是委托望江宾馆柜台服务人员代办小面包车手续。

早餐后，稍事休息，乘车去仙人洞，首先引人注目是那棵"劲松"。它傲然屹立于岩边，惊险万分，令人遐想。

仙人洞洞很大，相传为八仙之一的吕洞宾修炼之地。有道士主持。

仙人洞覆盖的巨石，外形像佛手，又名"佛手岩"，附近有老君殿、藏经阁、道院殿宇，典雅壮丽，祈福者络绎不绝。

御碑亭，建造比较独特。仿木构歇山顶石亭，四面无柱子石壁，仅三面有门。

汉青说："御碑亭是明朝开国皇帝朱元璋建的。主要目的是为了表示对江西人的感激。原因很自然，我们不能忽视皇帝的所有行动，都是有自己深刻的政治原因的。朱元璋为什么建造这个建筑呢？朱元璋出生于安徽凤阳，地区缺水，经济落后。曾经出家做过和尚，到处流浪乞讨。最后投身郭子兴部下。郭见朱元璋相貌奇伟，异于常人，留为亲信兵，屡次率兵出征，有攻必克。朱元璋攻取金陵后，改称应天府，在此称帝。即位诏书中称应天为京师。由于自己穷苦出身，在当时大一统的思想下，老百姓和朝廷中的官员无法接受这个现实。朱元璋就借碑石的契机来向天下，宣扬君权神授，证明他是上天指定的唯一统治人选。"

茂森问："朱元璋为什么给周颠立传？"

汉青："周颠既是颠子又是道士，被皇帝认定为仙家。他每次道破天机，千钧一发时，总是对朱元璋有莫大的帮助。朱元璋攻打陈友谅部队，问周颠：'这次去兵顺利吗？'答：'顺利。'朱元璋说：'陈友谅已经自立为帝，攻打他一定有难度吧？'周颠抬头看了一会儿天，严肃地说：'上天没有给他皇帝这个位置。'"三人同声说："周颠的话真灵验。"

次日，从宾馆出发，乘车经芦林大桥向南，转向东，观赏汉阳峰的雄姿。那里登峰必须爬山，只能望汉阳峰兴叹。司机说："为什么称汉阳峰？据说在月明风清之夜，站在峰巅上，可观汉阳灯火，得名'汉阳峰'。汉阳峰、紫霄峰和小汉阳峰之间，有峡谷，长七公里左右，名曰'康王谷'，相传是陶渊明的千古佳作《桃花源记》中桃花源的原型。汉阳峰顶有一块方石台，名为禹王台。为大禹治水登高处。"

汽车继续东行，到达含鄱口。"千里鄱湖一岭函。"红柱绿瓦的含鄱亭，是伞顶圆亭，别致。山的静止，水的流动，相互辉映，水天一色，美不胜收。

鄱阳湖是中国第二大淡水湖，烟波浩渺。

汉青说："三国鼎立时，周瑜曾在此大练水兵。后来朱元璋和陈友谅大战鄱阳湖。"

茂森说："小时候，父亲曾告诉我四句朱元璋的诗：'庐山竹影几千秋，云锁高峰水自流。万里长江飘玉带，一轮明月滚金球。'"

汉青说："'路遥西北三千界，势压东南百万州。美景一时观不尽，天缘有分再来游。'朱元璋打败陈友谅后，南昌、九江就是他的势力范围，才有可能登庐山。明朝开国后，朱元璋一统天下，兴致极高，赋诗明志，触景生情，才能写出有大气魄的诗篇。"

茂森问司机："闻师傅，这个山为什么叫庐山？"答曰："相传西周的时候，有匡氏七兄弟结庐隐居在山上，周威烈王派使者来访，但匡氏兄弟早已离去，仅存所住草庐，后人称这座山为'庐山'。"

汽车驶向龙首崖。汉青、希云、健侬夫妇下车后，在龙首岩附近的石亭观赏。从侧看，龙首崖悬壁峭立，巨石横亘其上，恰似昂首苍龙。崖下扎根几棵虬松，微风吹拂，胜似龙须飘飞。崖顶处有一棵苍松，其树叶向两边伸展，却像龙的两只眼睛。真没有想到，大自然如此神奇。

面包车沿着山上公路，奔花径而去。到达后下车，迎面看见"花径"两个大字，苍劲有力。这儿曾是唐朝大诗人白居易咏大林寺桃花的地方。白居易被贬为江州司马，东林寺法寅大师和多位好友，一同到庐山游玩。一行人踏上大林寺地界时，强烈感觉到此处气候与山下不同。这时已到暮春时分，山下的桃花都已凋谢，而此处的桃花却含苞怒放，仿佛又回到了早春二月的光景。白居易被眼前的春色深深吸引住了，感慨万千，随口诵出七言绝句：

人间四月芳菲尽，山寺桃花始盛开。
长恨春归无觅处，不知转入此中来。

白居易欣赏桃花兴致大发，随后又提笔留下了"花径"二字。令人惋惜的是大林寺现在却消失了。

花径附近有湖，湖中有湖心岛，岛上有九曲桥与湖岸相通。岛中苍松翠绿，景色宜人。

花径大门两旁对联是："花开山寺，咏留诗人。"

进大门后的花径路旁草地上，有座伞状红顶的圆亭，就是花径亭。亭中石碑上刻有"花径"二字，相传是白居易手书。

白居易初期在香炉峰下建草堂隐居。并亲身到现场选址和营建，曾撰写《庐山草堂记》，记十景：

洗耳飞泉，清泉绕舍，方塘幽趣，石涧长松，日晒红纱，

药圃茶园，山僧清影，东岩吟诗，拨帘看雪，三然书屋。

新中国成立后，另建白居易草堂，作为对诗人的怀念。

太阳快要落山，他们赶回宾馆。饭后回到卧室看看电视，喝喝庐山云雾茶。

茂森对姨父、姨妈说："以前我在咸宁的机械厂工作时，利用休息日子和一位工人师傅上庐山游玩。从九江市区乘郊区公汽到达莲花洞终点站下车，准备登山。当时不知道从哪儿上，好汉坡怎么走。我俩看到许多许多人都向那个方向走，咱们就跟着吧，结果走对了，是好汉坡。虽然是晴天，也有树荫略微遮住些，走起路来并不凉爽。到了半山亭，陡路基本走完，在凉亭里歇息，我们连喝了两碗带有酸菜的稀饭，那真是说不出来的舒服。在庐山招待所住宿，夜晚，天不太凉，我们两个在院庭中，仰首观看天上的月亮和星星，只感到高山上的月亮很亮，很好看，回想起来饶有风趣。"

后来，姨父，姨母和健侬夫妇动身走上宾馆顶上的平台。北望九江市和有九江长江大桥夜景，非常好看。

这个地方是观赏月亮的好地方。一轮圆月升在天空。

茂森对姨父母说："我从前来庐山，从没有机会去李白诗中《望庐山瀑布》的那个地方，既偏僻，路又远，附近景点太少。这次姨父从台湾回来不容易，我们明早乘车去看。为了观赏它，必须同司机约好次日早晨9点以前赶到。"

大家异口同声赞成。

姨父说："好吧，回去休息。"

早晨，天气晴朗，用完早餐。上车，系好安全带，小面包车驶离宾馆，沿着向山南的香炉峰驶去，一个来小时，汽车顺利到达香炉峰山脚附近，停下来。

抬头遥望香炉峰，初升的阳光照射，升起紫色的烟霞，瀑布挂在前

川，飞流直下，真美妙神奇。

没有雾、没有人阳，是看不到这个美景的。

茂森说："真妙，李白真不愧为诗仙！这次是有备而来，感受极深。"

小面包车发动机响了，大家系好安全带，开车回牯岭。

在美庐前方停下，下车后慢慢走过，走进蒋介石的夏都官邸，也是宋美龄女士居住过的别墅。该别墅是1903年英国的兰诺兹勋爵建造。1922年转让给巴莉女士。她与宋美龄私人感情颇深，1934年时作为礼物赠给宋美龄。这就是"美庐"的由来。美庐庭园可谓荟萃庐山珍木异卉，庭院石栏旁的金钱松，有30米之高，为庐山最古老、最高大的金钱松。

庭园中有一天然露石，上面镌刻"美庐"二字，下方刻有"中正题"。

通过凉台，进入室内，是一中西合璧的会客厅。猫眼绿的地毯、墨绿的沙发，墙壁上挂着照片。卧室中有双人床，雕花梳妆台，方柜上摆着精致的象牙扇等物品。

还有办公室、侍从室、钢琴、水墨画、茶具以及燃烧煤油制冷的菲赛尔冰箱。

参观了美庐后，四人在庐山电影院购票，观看彩色电影《庐山恋》。

大厅灯光一熄，影片开始播放。散场后，在牯岭街上，姨父母和健侬夫妇看街上的商店、小吃店、新华书店、邮局，游人还真不少。后来找到一家湖北饭馆，吃了一顿晚餐。在牯岭街上的宾馆住宿，就近可观赏"月照松林"。

天公作美，是夜，月光如洗，白东方升起，他们兴致勃勃地向庐山牯岭街边的"月照松林"走去。走进松林里，才会真正品尝其中味。这里满目松林，石壁上有"虎守松门"和"松涛虎啸"等石刻。仰望天空白玉般的月亮，就像一盏天灯悬挂在松林间，显得格外宁静。

姨父说："茂森，你知道陈三立先生吗？"

茂森："不知道。"

姨父："陈三立先生，出身名门世家，是晚清维新派名臣陈宝箴的长子，国学大师。与谭嗣同、徐仁涛、陈菊存并称维新四公子。抗日战争，天津沦陷后，日军欲招揽他，可陈三立先生表明立场，绝食犹愤而死。去世前，曾到过九江，以诗赋志。"

一行四人，乘班车下庐山，回到了九江。

九江，古老的名城，有很多可歌可泣的历史故事。白居易在此作《琵琶行》。后来，唐朝为了纪念，曾建琵琶亭于白居易的送客处。由唐到清，游人题咏甚多。它附近是琵琶湖和九江长江大桥。

漫步走近时，看到"琵琶亭"金字大匾额。亭台楼阁，气势磅礴。庭院正中，矗立汉白玉白居易像。白居易的《琵琶行》和《长恨歌》一样，是千古绝唱。

参观琵琶亭时，导游很热忱地讲解"琵琶亭"至今留传的、非常动人的故事："传说唐明皇年间，朝纲败坏，奸臣弄权，忠臣受压，老百姓处于水深火热中，偏偏有一年江州城里又蔓延一种奇怪的眼病。得这种病的人先是两眼红肿，继而双目失明，任何神医妙药，都无法诊治，弄得人心惶惶。当时江州城里有一位歌女，名叫胡秋娘，贫苦出身，靠卖唱为生。那天唱罢曲子回来，看见女牵娘、子牵父，一个个盲人沿街乞讨，不觉间心生同情。把几个卖唱的钱，分给了那些可怜的盲人。回到家里，闷闷不乐。后来她靠在床榻上昏昏睡去，蒙眬中见一个鹤发童颜的老者飘然而至，对她说：'秋娘，你若要救贫苦百姓，须在浔阳江头建一口水池。待到七七四十九天，池里盛满甘霖。用甘霖给患者擦洗，眼睛即可复明。切记切记！'老者说罢，轻拂长袖飘然而去。胡秋娘醒来，感到奇怪，心想也许是神仙指点啊。于是她用多年来卖唱得来的一些积蓄，在浔阳江头修建一座水池，她在池边守了七七四十九天，果然盛满了一池明静透亮的甘泉神露。这些能不能治疗眼疾呢？胡秋娘也没有把握。她叫一位盲人大妈来试一试，甘霖擦在眼里，大妈顿觉一股清凉直透心扉，慢慢地两眼微睁，继而明亮如常，胡秋娘心中大喜。消息传开，那些盲人纷纷赶来，请求胡秋娘救治。秋娘用池中的甘霖给盲人一个个地擦，果真重见光明。人们无不赞颂胡秋娘。这一来，到处都在传颂胡秋娘的大恩大德，一直传到京城一名歌伎裴兴奴的耳里。裴兴奴是长安东南曲江人氏，曾从师学艺，弹一手好琵琶，是长安城内第一个有名的歌女，不少富贵子弟，都曾被她的歌声倾倒。可是，随着年龄增长，她的知识已不如从前了，不得已只好嫁给一个船老板为妻。那个商人却是个只重金钱不重情义的人，竟抛下她外出做生意去了。裴兴奴四处飘零，听说胡秋娘用一颗慈善的心，挽救了穷苦的老百姓，十分感动，便去拜访。裴兴奴从长安南下至金陵城，乘船溯江而上，一路上弹着琵琶，唱着新编的歌词，赞美胡秋娘的美德。一日来到江州，把船停泊在浔阳江头，裴兴奴上岸来，看到了胡秋娘所建的甘露池，自然而然深表敬意。后来恰遇到胡秋娘，两人亲如姐妹，在船舱里促膝谈心。兴奴说：'秋妹这样年轻美貌，又有一副菩萨心肠，可敬可敬。'秋娘说：'姐姐说哪里的话，我们卖唱之人，都是看人脸色行事，低三下四，成天泪水往肚里吞，只要能为乡亲做点好事，我就死而无憾了。'她俩互吐衷肠，谈到朝政腐败，各自的悲惨身世，声泪俱下。兴奴抱起琵琶，面对茫茫月色，拨动琴弦，伴着呜咽低泣的江水声，弹起催人泪下的曲调。秋娘也情不自禁地和着音韵，歌喉婉转，凄凉悲伤，控诉人间的不平。悲伤之极，'砰'一声，琴弦断了。兴奴一步步走到船头，把琵琶向岸上一抛，'扑通'一声，正巧落入胡秋娘修建的水池里。待到金鸡报晓，天色蒙蒙亮时，裴兴奴和胡秋娘的船已经不见踪影。唯独浔阳江头的水池里，升起一座亭阁。传说那座亭阁是琵琶歌女的琵琶化成的，故名'琵琶亭'。据说那天夜里，江州司马白居易正好送客来江边，听见了凄婉的琵琶声，他有感于琵琶歌女的身世，写出了著名的诗篇《琵琶行》。"

听完导游的诉说，游客们深为感动。

他们走到甘棠湖中的烟水亭。相传它是三国时期吴国名将周瑜的点将台旧址。这个地方当时称"柴桑"。周瑜是在柴桑训练水军的。亭中有周瑜铜像，气宇轩昂。

茂森说："附近就是我的初中母校，同文中学，去看看？"

大家说："好呀！"

走进校门不远，是同文书院。

茂森说："我就是在二楼教室里读书的，记忆犹新。"

庐山畅游后，他们溯江而上，平安返回武汉。

第十八章　别时容易见时难

曾记得，《话说长江》纪录片播出后，根据片头音乐填词的长江之歌，慷慨激昂：

你从雪山走来，

春潮是你的风采；

你向东海奔去，

惊涛是你的气概。

你用甘甜的乳汁，

哺育各族儿女；

你用健美的臂膀，

挽起高山大海。

我们赞美长江，

你是无穷的源泉；

我们依恋长江，

你有母亲的情怀。

你从远古走来，

巨浪荡涤着尘埃；

你向未来奔去，

涛声回荡在天外。

你用纯洁的清流，

灌溉花的国土；

你用磅礴的力量，

推动新的时代。

我们赞美长江，

你是无穷的源泉；

我们依恋长江，

你有母亲的情怀。

武汉是长江流域的重要城市，长江是武汉人民的母亲河。

茂森对姨父说："1954年大洪水，汉口市内由于内涝而一片汪洋。那年我在北京上大学，暑假也不能回家。京汉铁路只能到广水，不能到汉口。就是说从广水到汉口要坐船，你看多大的水哟，简直是一片汪洋。"

健侬说："那时候，全市大动员防汛。堤边的江水有江边房屋的一层楼高。千军万马齐上阵，江堤上灯火通明。打一场抗洪的人民战争。武汉人民终于保住大武汉。后来，在江堤上兴建抗洪纪念碑。"

茂森说："解放后，人民政府立即建设荆江分洪工程，起了很大的作用，虽早已建成，但不能解决大的水患。所以，为了长治久安，要兴建葛洲坝水利枢纽工程，它具有抗洪等功能，就像我们早前在宜昌看到的。"

汉青说："为什么还要兴建三峡大坝？"

茂森说："长江的水资源丰富，高差大，流量大，所以建设规划兴建三峡大坝。"

"三峡大坝建在哪儿？"

"宜昌上游的三斗坪，离秭归的屈原故里很近。"

茂森感慨地回忆："1954年，我在北京上大学，参加了国庆大游行。经过天安门，多少人都热血沸腾，内心无比激动。我眼泪湿了衣衫。想当年，抗日战争时期，日本鬼子到我们村庄扫荡，突然来到我家中，脚上的军靴踢伤我祖父，全家人跪在地上求饶。解放后，人民当家做主，再也没有帝国主义的军舰，再也没有外国的军事基地。"

姨父说："茂森，你在大学学什么专业？"

茂森说："学机械，当时国家的机械化是很重要的。从我的记忆里，解放前，洋油、洋火、洋船等等，是从英国进口的。在中国的土地上，满地跑的汽车全是外国产的。军舰也是购自外国的，更不用说飞机！一切大型机械设备全是从外国买来的。没有机械工业怎么行？我们永远受制于人。"茂森继续激情地说，"当新中国生产的第一辆解放牌卡车下线时，全国人民载歌载舞。还有大庆油田的开采，终结了石油完全靠进口的时代。没有石油的话，汽车不能开，轮船不能动，飞机不能飞，那是绝对不行的。有了大庆油田，一切都活了。为什么叫大庆呢？那是1959年，我们国家十年'大庆'，振奋人心的时刻。台湾也有大型建设吗？"

姨父说："也有呀！台湾搞过十大建设：铁路、公路、港口、发电厂，等等。"

茂森说："那也是很好的，是中国人自己的企业。有了基础设施，社会才能更好地进步。作为中国人，我同样感到高兴。"

"姨父，你知道大陆的两弹一星吗？"茂森问。

"不知道。什么是两弹一星？"

"两弹是原子弹和氢弹，一星是人造地球卫星。"

"那是自己制造出来的吗？"

"那种高科技的东西，只能靠自己的力量、智慧和高度爱国心的科学家以及优秀工人们的艰苦奋斗。"

"原子弹到底是什么？威力究竟有多大？"

"原子弹是核武器，大规模杀伤性武器，是利用核反应的光、热辐射、冲击波和放射性，造成杀伤和破坏作用。中国继美国、苏联、英国、法国之后，于1964年爆炸成功，成为第五个有核国家。"

健侬说："姨父，前两年，茂森在广州参加学术会议，我也去广州了，住在祥安叔家里，会议结束后，主办方组织大伙儿去深圳参观，我也去了。沙头角、香蜜湖度假村和蛇口。街道的中心广场上，竖着醒目的标语牌。人们深情地欢唱《春天的故事》。"

茂森问姨父："奥运会，台湾得过金牌吗？"

汉青说："没有，好像没有。"

茂森说："告诉你一个好消息，前几年，1984年奥运会，许海峰获得了男子自选手枪慢射射击金牌。这是中国人金牌零的突破，载入史册。

当时人们敲锣打鼓，欣喜若狂。后来连续突破，那届奥运会共获 15 枚金牌。"

健侬说："姨父，中国女子排球也荣获过奥运会冠军。我们平时就喜欢看女排比赛，那种顽强拼搏的精神，是全国人民学习的榜样。姨父，听茂森说，过去在九江上同文中学时，他还得过奖学金？"

姨父微笑着说："茂森，你得过什么奖？"

茂森说："1948 年的秋季，开学不久，有一天学校办公室通知我，叫我去领奖，说是全班第一名奖学金。十块银圆。我随后告知父母和祖父母，全家人无比高兴，那是对我的肯定和鼓励。原来我是在梅川广济县初级中学念书，因母亲的好友菊尔姨娘住在九江，她劝我母亲把孩子送到同文中学去读书。该校校风严格，只有住读，没有走读，只有星期天，才允许学生外出。曾记得我的宿舍在二楼。读书很用功，经常夜晚复习功课，思考问题。那时很小，晚间有两次从睡床掉在楼板上，爬起来再继续睡。那所学校培养了我求知的习惯，终生难忘。

姨父微笑着说："戊森，你的思想很进步，你是共产党员吗？"

茂森说："姨父，我不是共产党员，但我是爱国者，不管是哪个党，哪个派，只要人民安居乐业，生活美好，脱贫，消除贫困，在全世界各国人民面前一律平等，我就从心眼儿里拥护。我坚决拥护中国共产党。愿她永远年轻，永远风华正茂，领导中国，开创美好的未来！"

姨父说："茂森，这次回大陆探亲，真是人生中难得的，亲眼看到了雄伟的武汉长江大桥、水利枢纽工程、庐山，一切的一切，收获良多。"

茂森说："姨父，我也联想起了往事，健侬和我曾经特地去庐山旅游，首先是去九江探望菊尔姨娘，当年我在同文中学念书时曾得到她的支持，她的儿子开车陪同。那时正是我的生日。后来，从庐山经九江返武汉后，心潮澎湃，我欣然命笔，写了一首七绝《登庐山》，以示纪念：'欣逢生庆上庐峰，名山胜景赏秋风。飞渡乱云终散尽，来日人间必大同。'姨父的古典文学造诣很深，请多指教。"

姨父说："你这首七绝，颇有古诗韵味，涵意很深！大同世界是没有压迫，没有剥削，没有战争的，路不拾遗、夜不闭户。人人安居乐业，那多好啊。愿早日到来。"

　　祥安、春芳去了云南昆明妹妹家，其间游览了滇池、大观楼、洱海、石林和丽江古城、香格里拉，隔两个多月，再次来到武汉。这时，武汉天气较冷，屋中设置烤火炉，炉火红红房里暖和。

　　汉青和祥安是过去的挚友，几十年后重逢，怎不浮想联翩？诗兴遂来，相互和之：

感　怀

祥　安

　　四十年前别，相逢白发生。云霾多岁月，风鹤满池城。
　　自古未闻见，而今岂治平。栖栖嗟我辈，忧愤泪纵横。

步祥安原韵

汉　青

　　乱世别离苦，相逢如隔生。蹉跎悲老大，慷慨愧于城。
　　意切情更切，心平诗自平。何日游旧地，江水一舟横。

其　一

汉　青

　　窗外雪飞白，室中炉火红。杯深琥珀色，人语笑谈松。
　　莫话当年事，相逢此日同。武昌鱼味好，劝酒一通通。

其　二

　　绿蚁照人笑，灯欺白发红。情怀漫缱绻，胸臆自轻松。
　　叙别一樽酒，相思两地同。天涯若邻比，鱼雁要常通。

奉和 其一
祥　安

江汉归来日，心怀热血红。天伦乐温暖，桑梓话轻松。
风雪弥漫落，酸辛彼此同。举杯频畅饮，胸膈顿消通。

其　二

漫天风雪白，满屋火炉红。肴酒皆佳味，诗情俱快松。
人生有此会，仙景亦相同。今后隔山水，缄书息息通。

赠别汉青兄回台
祥　安

聚散匆匆意惘然，骊歌欲唱泪涟涟。
此行一去天涯远，未卜何时复旧缘。

汉青兄步照片原韵

孤身老去鹳炎徼，拜读来诗有感伤。
任是长年春不老，依然心上自飞霜。

看汉青兄照片有感
祥　安

昔日风流犹记忆，今朝衰老最心伤。
人生究竟缘何事？岁月茫茫两鬓霜。

怀友汉青兄
祥　安

远渡五湖外，孤身万里游。乱离分别日，寒暑几经秋。
文字疑难处，谁人问辛忧？天涯遥相望，脉脉泪奔流。

汉青兄依韵和怀友诗一首

人向天涯老，心长念旧游。乱时难度日，孤客怕逢秋。

忍听蛩鸣壁，还思酒解忧。无绳来系住，岁月去如流。

祥安与汉青谈起了一次与族兄季鲤去南京，当船接近码头时，季鲤即兴吟诗《舟泊金陵》的往事。诗道：

舟泊金陵岸，晨星犹弄辉。城头鼓声歇，江面渔火稀。

日出天初破，风来水欲飞。凭窗舒远望，得意自忘饥。

诗中的"日出天初破，风来水欲飞"，似乎与"落霞与孤鹜齐飞，秋水共长天一色"，有相似的韵味。

挚友再聚，数日后，祥安夫妇返回广州。

汉青回大陆探亲已有时日，很快将回台湾。汉青和希云商谈今后的事。

汉青说："希云呀，自 1949 年秋，广州分别后，离开大陆，离开你，一转眼 40 年，真是一场梦。你吃了太多苦，委屈了你，正好你我都健在，不幸之中的万幸，从此再也不分开了。我马上回台湾，向台北所属派出所办好手续，寄回大陆。你再办理大陆居民往来台湾通行证。"

希云说："汉青，你回台湾后休息几天，再办还是可以的。这次大陆之行你也太累了。"

汉青说："不，我回台北后，以最快的速度办理你的来台手续，平安就是福。皇天会保佑我们的。"

欣闻姨父回大陆武汉探亲的好消息，健安、红霞夫妇乘特快列车从安顺赶到武汉，看望亲人。

健安说："姨父，广州一别竟然 40 个春秋，真叫人怀念。"同时介绍说这是红霞。红霞连忙礼貌地喊了声"姨父"，后缓缓坐下。

"自从台湾开放台胞大陆探亲后，我就通过九三学社向上级申报，头一次，半年过去，没有一点消息；我又第二次申报，又半年过去了，石沉大海；真难呀，我鼓起勇气，第三次继续申报，利用出差贵阳的机会，询问在台湾寻找亲人的事。省九三学社很重视。大陆这边绝不会出差错，在台湾那边登报寻人。后来收到了一封从马来西亚转来的姨父亲笔信。"健安谈了寻人的过程。

"健安，我完全没有注意到。后来还是好朋友从报纸上看到的，好意告诉我，'大陆有亲人四处找你'，从此就联系上了。我一晚上没有睡好觉，彻夜无眠。这该不是梦吧！"

"那时你们离开广州后去了哪儿？"汉青关心地询问。

"姨妈和我是一同去贵阳的。在那儿，姨妈给别人编织毛衣，度日如年。因经济困难，我报考了农校，后来分配到安顺果木场。最后调园林研究所工作。"

"你干得很不错。健安是高工了。那时广州一别竟然40个春秋。我也一直想念你们呀！你几个孩子呀？"

"三个，老大是女儿，老二老三都是儿子，都很好。"

"健安，太好了。"汉青说。

健安离开武汉很多年了，红霞是第一次到武汉来。这个新建的黄鹤楼公园可好了，夫妇俩特地去游览了。

健仁和淑芬也闻姨父喜讯，专程从湖北南漳来武汉看望。

健仁见面问："姨父，你老身体好吗？"

大家相顾而笑。

"我走的那个时候，你只有6岁。如今是中年了。光阴过得真快，我和你姨妈怎么不老啊！你后来怎么样？"汉青回忆往事，叹息地道来。

"妈妈在世的时候，我读的是建筑学校。后来支援地方去南漳。现在是高级工程师。"健仁向姨父诉说。

"健仁，你们几个孩子呢？"

"两个，老大是女儿，老二是儿子，都很健康。"

"那太好了，大家都要注意健康。"汉青对着小侄儿高兴地攀谈。

健安、健仁兄弟夫妇一行四人，同去中山公园游玩，顺路到汉口"四季美"品尝驰名的蟹黄小笼包、银耳莲子羹。

为了给亲人送行，健侬夫妇特地在宾馆设宴，盛情惜别。健安夫妇，健仁夫妇，劲松夫妇，黄家的华鸣、华美兄弟共十来人。席间，八菜两汤。健侬夫妇拿起酒杯，起身举杯说："祝姨父回台北一路平安，健康长寿。祝各位亲友身体健康，全家幸福。"

席间，亲人们高兴地举杯，彼此庆贺。

次日，汉青要回台北。亲人们前去武昌南湖机场，目送飞往香港航班的飞机，离跑道起飞，向南腾空而去。

再见了，亲人。

在飞机上，汉青在沉思着，回首往事：日暮乡关，水天一色，雁阵惊寒，朔风拂面。人生呀，别时容易见时难。

第十九章　谁知白首长相伴

日复一日，年复一年，路漫漫，夜漫漫，人生相伴比铁树开花还要难。他们终于在分离 40 年后聚首。短短的三个多月，从绝对意义来说，时间不算短。但从人们的感觉来说，却是来也匆匆，去也匆匆。

汉青返台后，希云耐心地等待着。不久收到了报平安的家书，她的心情也就平静了。

健安、健仁等请假来武汉，看望台北归来探亲的姨父，却无法送别何时去台湾的姨妈。四个人围坐在姨妈的周围。健安深情依依不舍地说："姨妈，弟弟和我们都要回单位上班，而且工作很忙，不能送别，请谅解。"

希云说："你们从外地远道而来看望姨父，已经很不容易了，还是工作重要啊。"

健安继续说："等到两岸人民自由往来时，我们退休了，我和弟弟等专程去台湾看望二老。这一天肯定会来的。"

希云说："到那个时候，欢迎大家去台湾看看，一同欣赏祖国的大好河山，台湾岛的锦绣风光。"

健安、健仁两家人分别离开武汉。

没多久，希云收到了汉青寄来的挂号信，内容是在台北的派出所签发的证明，大陆的妻子来台探亲。在侄女健侬的陪同下，希云去派出所开具相关证明。然后去武汉市出入境管理处办证件。证件照片须由出入境管理处负责拍摄，并交纳相关费用。隔了几天，就领取了"大陆居民港澳台通行证"，至此，出发前的一切手续顺利办好。

茂森的母亲桂珍和希云具有双层关系。一是亲戚关系，另一个是童年时的三姊妹。那是很久以前，健侬的父亲曾戏称慕云、希云和桂珍三人是有点儿像宋氏三姊妹。

桂珍说："希云姐，你这次去台湾团聚，过一个人生幸福的晚年。愿你一路平安，健康长寿。"

希云说："你的身体也不太好，要多多保重。"

桂珍说："小时候，大姐、你和我三个人在院子里浇水、种花。晚上伯母教我们三个看银河是什么样子。还有有趣的童话故事。以前的一切，真令人回忆和怀念，仿佛就在昨天。"

希云说："童年的趣事，往往毕生难忘。"

希云买好武昌至广州的火车卧铺票。启程的前夜，健侬夫妇特地到姨妈处送别。

健侬说："姨妈，想当年童年时代在巴东的情景，你教我种花、浇花，看天上的星星和讲童话故事。姨父和你带着我在长江边看来往的轮船，陪着我在公园里荡秋千，越荡越高，真好玩。那童年的欢乐依然记在心。后来，我长大成家了，我妈妈又不在了，你又帮我带孩子。这一切我永远难忘。"

"人生的童年，都是幸福欢乐的。"

"姨妈，等将来有机会了，我和茂森一道去台湾看望二老。"

"热烈欢迎你们，那天肯定能实现的。"

火车站里的广播喇叭响了："旅客们，武昌开往广州的特快，检票进站了，请各位排好队，依次进站。"

健侬夫妇买好了站台票，送姨妈到卧铺车厢后，下到站台上。列车缓缓开动，他们频频招手，姨妈也在招手。健侬的眼泪流了出来。列车越来越远，渐渐看不见了。

春芳去广州站迎接希云姐的到来。好朋友见一面也是很不容易的。何况，这次相聚更显得珍贵，因为这次是要去台湾了。回到家时，祥安在家门口迎候。他们一同进屋里休息，慢慢寒暄，谈起许多往事。

祥安说："希云姐，汉青兄1949年离广州经香港去台湾，是水路去的。现在大变样了，有三条路线：一是航空，乘飞机，时间短，什么也看不到，二是乘火车到深圳、香港。三是乘轮船过珠江，到达目的地香港。乘轮船比较舒服，从船上可以看到虎门炮台和虎门大桥的雄姿。出海口处就是伶仃。然后向东航行，就到香港了。建议你走水路乘轮船较好，不知意下如何？"

希云说："就按第三种路线吧。"

祥安说："那时的广州，是帝国主义财团的天堂，官僚买办的天堂，穷人的地狱。今天，物换星移，日新月异，一个可爱的中国就在眼前，你趁此机会走一走，看一看。"

希云说："谢谢你们的深情厚谊，不过倒是你太破费了，深为感激。"

祥安说："就这么办吧。"

春芳说："希云姐，不要再客气了，就照祥安说的吧。"

祥安、春芳两人陪着希云姐参观西汉南越王博物馆。走进博物馆时，祥安边走边说："博物馆以古墓为中心，是依山而建的古墓群保护区，它的气派是岭南现代建筑的代表。该墓主是西汉南越国王赵眜之墓，是20世纪80年代的重大考古发现之一。再一次说明，中国是几千年的文明古国。根据记载，南越国第一代、第二代王都曾经僭越称帝。"

他们走进了沙湾古镇。它是有 800 多年历史的岭南文化古镇，现存的街道，错落纵横。宋祠古屋，点缀其间。大量的明、清、民国时的古建筑。大量砖雕、木雕、石雕、灰塑和壁画，是民俗文化体验之地。

越秀公园是广州最大的公园，祥安、春芳陪同希云一同游览。三人边走边谈，遇凉亭处就就地休息。祥安久居广州多年，对越秀公园十分熟悉。

祥安说："希云姐，越秀公园的主体是越秀山，是南越王赵佗在山上建朝汉台而出名的。为何广州又称羊城呢？传说在很久以前，这个地方还过着原始生活，经常吃不饱。突然有一天，从天空中出现了五位神仙，他们骑着仙羊。仙羊嘴里含着丰满的稻谷，降临此地，把稻米种子送给此地先民，教给他们种植粮食的技术。之后仙人腾空飞去，五只仙羊化为石羊留下来，故广州称羊城。为纪念五位仙人，在市内建有五仙观。"

整个公园规模甚大，有七个山岗和三个人工湖。山水相依，环境优美，亭台楼阁和树等园林景点，极具岭南特色。

希云说："越秀公园真大，风光秀丽，越秀者是越来越秀，明天会变得更加秀丽。"

走到镇海楼前，祥安说："镇海楼是洪武年代修建的，有雄镇海疆之意。可是曾有一段有趣的传说：朱元璋称帝，定都南京，建立大明王朝之后，有一天，和铁冠道人同游南京钟山。途中，铁冠道人指着东南方向，对朱元璋说，广东海面笼罩着苍苍的一股'王气'，似有天子要出世，必须立刻在广州建造一座楼镇压龙脉，否则日后便成为大明的后患。朱元璋听后，急忙派人到广东调查，发现广州的越秀山上，现王者之气。随后下诏，命令遵守广州的永嘉侯朱亮祖在山上建造一座楼，将王气镇住。于是朱亮祖在越秀山头建了这座塔状镇海楼。"

希云说："自古以来有很多皇帝都是家天下嘛。"

此外，还看到明代的古城墙、四方炮台旧址。

白天鹅宾馆是中国改革开放后第一家中外合资的五星级宾馆。它是霍英东先生和广东省人民政府合资兴建的。霍先生祖籍番禺。一楼大厅免费参观。二楼闲座可观看白鹅潭。三楼还有辆黄包车。白天鹅的旁边就是珠江。

三个人坐在舒适的游船中，欣赏着难得的珠江夜色，尤其是白鹅潭。它是羊城八景之一，又名"鹅潭夜月"，是广州市荔湾、海珠、芳村交汇处。入夜，清风送爽，月色朗朗，环顾四周，白天鹅宾馆似少女沐浴，楚楚动人。方池花地，花香阵阵。

祥安特邀请希云姐欣赏民族乐团的演出。

希云说："感谢你们的热情款待。从古代的考古一直到白天鹅宾馆的参观和昨日的珠江夜游，今夜民族音乐会的欣赏等等。二位考虑太周到了，我永远忘不了我们深厚的友情。"

希云离开广州前，祥安说："希云姐，你离开广州后，在香港那边，春芳的五弟负责接待，他一直到送你坐上飞往台北的航班，请你放心。"

希云说："谢谢，有你们的安排，我一百二十个放心。"

晚餐时，祥安一家为希云饯行。五菜一汤，其中两个湖北菜，三个广式菜和西红柿鸡蛋汤，陪坐的还有祥安的女儿和女婿，这是欢乐的一天。

夜幕降临，华灯初上，三位老人促膝谈心。

春芳说："希云姐，我想起了过去的岁月，你曾经指导我弹风琴，在抗日战争年代，我教小学音乐课时，用上了。后来我的孩子多，家庭负担很重，在困难时你又从经济上帮助我。还有你心灵手巧，教我编制新式样的毛衣，对当年解脱困境，起了很大作用。总之这一切，我很感激。"

希云说："春芳呀，不客气，你也帮助我不少哇。"

春芳说："今后如有机会，祥安和我一定会去台湾看望你们。"

希云说："一定会有那一天的。那时，汉青和我邀请二位去阿里山、日月潭游览。"

希云登上前往香港的客轮。对前来码头送别的知心好友祥安夫妇深表感激之情。心想从今离别后，各自保平安，但愿还有相聚的日子。

轮船航行在虎门的珠江段，亲眼看见当年曾经抗击英国军舰的炮台。过了一段时间，船由珠江口入南海。那儿就是爱国英雄文天祥赋诗《过零丁洋》的地方。"人生自古谁无死，留取丹心照汗青。"

沿着海岸线附近的航线，轮船平安地抵达香港。祥安妻子的五弟和弟媳，按约来码头迎接。因为从来没有见过面，只好手拿牌子。在码头出口处，希云看见后说："你是春芳的五弟吗？"答曰："是呀，姐姐告诉我说，您今天到港，终于接到了。"

希云说："太好了，谢谢你，谢谢你春芳姐。"

希云在五弟夫妇陪同下，乘出租车回到他们的家中歇息。

五弟说："希云姐，听大姐说，你们分别了40年，天天盼，夜夜想，今天能去台湾和亲人团聚，真不容易呀！你去台湾的飞机票，我马上去售票口购买，三天后直飞。这两天先休息，因为你从来没有到过香港，游览一下好吗？"

希云说："五弟，这样安排挺好的。"

五弟说："听大姐说，汉青大哥对姐夫各方面帮助很大，胜似亲兄弟。在姐姐最困难的时候，你们伸出了援助之手，终生难忘。他们从内心感激你们。"

希云说："那是应该的，人生总是相互帮助的。"

在五弟夫妇陪同下，希云游览了香港海洋公园。它是一座集海陆动物和大型表演于一体的世界级主题公园。

一行三人由通道环绕参观水族馆。鱼类好几千尾。体长不到两厘米的雀鲷到长三米的豹纹鲨，还有海鳗、神仙鱼、石斑鱼等。还有珊瑚礁，简直是海洋世界，应有尽有。

在海涛馆，他们看到了许多海洋动物：海狮、企鹅、人造波浪，非常好看。有海豹表演，很壮观。

看百鸟居，它设计独特，由不锈钢丝网组成了一个很大的空间。内有多种鸟类，近几千只之多。此外，还有大熊猫、扬子鳄（活化石）、绿野花园。

三人同乘坐登山缆车，在缆车中，可以观赏香港岛南区和南海的辽阔风光。

希云首次来到海洋公园，真是大开眼界。

天坛大佛（释迦牟尼），庄严雄伟，寓意香港稳定繁荣、国泰民安、世界和平。青铜佛像屹立在山巅，大佛坐在莲花台上。

香港是世界级大港之一，维多利亚港夜景更迷人。三人登上"海港城观景台"，看到入夜后灯光辉映，每晚八点许，都会上演大型灯光会演"幻彩咏香江"。它由维港两岸几十座摩天大楼合作，透过互动灯光及音乐效果，展示维港的动感和多彩多姿的艳丽。它是香港最珍贵的财富之一，无论到过香港多少回，总会被她的绝色风华陶醉。

希云登机前，向前来送别的五弟夫妇挥手致意。

飞机在海的上空向东飞行。有时在云层上飞，此时，希云瞭望机窗外，浮云飘荡，胜同仙境。几小时后，飞机在台北机场徐徐降落。此时此刻，希云心绪万千。时光一转眼已是40来个春秋，从此可以说真的回到丈夫身边、老伴的身边了，两位老者该度过美好的"夕阳红"时光！

第二十章　团圆

旅客有序地走下飞机的舷梯，向着出站口走去。希云拖着手提箱，不慌不忙地走到出站口。汉青和他挚友的大女儿美芳接机。在熙熙攘攘的人群中，美芳突然高兴地喊着："伯母，我和伯伯在这儿接你啊！"

"美芳，你来啦，几十年没有见过你呀！"

他们到机场外，乘车赴汉青的住处。

两室一厅，还有厨房、卫生间，一应俱全。住屋朝南，阳光充足，绿树成荫，居住条件还是不错的。两位老人，将在这里度过白首相伴的宝贵时光。

他们的生活和在大陆时一样，很有规律。但具体情况不同，过去在大陆是上班，现在汉青退休了。人老了，生活形式节奏变了，仍然有规律，这就是健康长寿之道。

汉青、希云早餐是牛奶、鸡蛋和小馒头，或者小面包。再加点小菜，保证有足够的蛋白质，吃八分饱。不能空腹去走路。然后，去附近公园，以中等速度在公园里行走。

走路是最好的、适合长者的运动。走路运动的结果是身体略有出汗。在绿树成荫的道路上，呼吸新鲜的空气。

经常晒晒太阳，大约半个小时，再走回家。

汉青订了一份日报，每天上午看看报，了解新闻，看看文艺副刊，一些作者游记之类。

中餐自己动手，煮饭、炒菜，跟着爱好的口味来制作。

饭后，清洗碗筷，做些简单家务事。绝对不能吃完了就老坐着。因为那样腹部会变大，导致肥胖。半个小时以后，睡个午觉，因为人老了，精神也差了。20分钟的午睡，只起恢复疲劳的作用。

喝杯清香的绿茶。看看藏书，如《三国演义》、《古文观止》、《唐诗三百首》、李煜的词、张恨水的小说集等。接着，在室内，两人做八段锦健身运动。

锦，意味着五颜六色，华而美贵。它无需器械，不受场地局限，祛病强身，效果显著。可使瘦者健壮，肥者减肥。八段锦是："双手托天理三焦，左右开弓似射雕，调理脾胃臂单举，五劳七伤往后瞧，摇头摆尾去心火，双手攀足固肾腰，攒拳怒目增气力，背后七颠百病消。"还有两点，也是很重要的。一，坚持不懈，决不能一曝十寒。二，心态平和，遇事看开些。

晚餐，吃中午剩留的饮食，清淡得很。

晚间，打开电视机，看看电视连续剧等。

睡眠时间，最晚不能在22点以后，保证充足睡眠是绝对必要的。如果能买台电子秤，每天定时测量体重，那就更完美了。

汉青、希云谈起别后的心情感受。

希云说："自从广州离别后，我心潮起伏难平。就在那天夜晚，我写了一首《别离歌》：'生别离，生别离，如今劳燕两分飞。大海茫茫何处是？天涯海角各东西。台湾岛兮于东，汉阳峰兮于西。曾记否？汉口江滩窃窃私语；曾记否？珞珈山上拥抱相依。终日盼夫归。但愿来生无战乱，梧桐树上筑巢栖。'"

汉青说："别后我也作了一首诗七绝《思念》：'中秋皓月挂长空，并蒂莲开旧梦中。苍天何苦难为我？漫漫相思两地同。'"

随后，希云写了一封航空信，给贵州安顺的侄儿健安，说平安抵达台北，与亲人团聚，勿念。并叫健安，分别告知武汉的妹妹和湖北南漳的弟弟。

希云来到了新家，当然要根据爱好，好好布置一下。客厅摆着茶几和沙发，彩色电视机，靠墙处，摆六盆花草。到百货公司购买衣服。希云给丈夫买了适时的西服、领带和皮鞋，自己买了典雅的旗袍和绣花鞋。

过春节要入乡随俗，除旧迎新。通过大扫除，将过去40年的愁情别绪彻底清扫掉，让新的一切重新开始。腊月二十三，祭灶神上天之日。灶神上天，奏报玉帝。将灶神画像贴在灶上。左右两旁贴对联。"上天言好事，下界保平安。"供品是甜瓜、糖果。

门联贴：

春色明媚山河披锦绣
华夏腾飞祖国万年青

购买礼盒来招待贵宾，盒内有：巧克力小脆饼、南瓜子小脆饼、醇浓巧心酥、开运橘子糖、薄盐奶香盐夹心、可可奶香饼、红糖伯爵德国结、潮香海苔起司饼、方形果冻、奶香慕妮夹心、红桑梅加雷德、黄金柚子糖、巧克力千层派、法式千层派、蝴蝶千层派、奶香瓦浪、雪花酥饼、榛果拿铁、甜菜根方酥、红椒咖喱。饼式齐全。

另外，汉青、希云还专程去佳德糕饼有限公司购买一盒凤梨酥品尝。纯凤梨酥，它的馅料全部是纯凤梨内馅，经过慢火熬煮。凤梨酥外皮较薄，酸甜掌握特好，它纤维分明，一口入魂，连吃两三个，也不觉腻，实属佳品。

二老都喜爱冻顶乌龙茶。它是茶中之圣。冻顶为山名，乌龙为品种名称，外观色泽呈墨绿色，带有青蛙皮般的灰白点，干茶有强烈的芳香。冲泡后汤色呈橙黄色，有桂花般的清香，味醇厚甘润。

除夕之夜，零点一到，鞭炮"叭叭"地响起。正月初一已来临，又是新的开始。

春节期间，亲朋好友相互问候，是中华民族的优良传统。

陈增辉先生等多位汉青的好友、同事前来拜年。

增辉夫妇是汉青夫妇在武汉工作时的挚友。增辉说："汉青兄，回大陆探亲，真是人间佳话，分别几十年，如今又白发相随相伴。二老都是心铁似的坚贞，可敬可贺，祝两位福体健康，寿比南山。"

汉青说："谢谢，请用茶，请尝尝糕饼。"

希云说："汉青一个人的日子里，多蒙关照，非常感谢。"

节日期间收到来自侄儿侄女的拜年信，两老心中充满喜悦，盼望亲人诸事顺遂。

有一大，汉青的门铃响了，苏冠雄夫妇路过，顺道来家里坐坐，好朋友谈谈心。苏先生个头 1.68 米，微胖，语言里总带点南京地方口音，夫人略矮些。

汉青夫妇热情接待。

"你们回南京探亲，家中还好吗？"汉青关心地问，妻子坐在身边。

"40 年了，父母去世了。我们去坟前祭扫。深深怀念生我养我的双亲。儿子也成家立业了，并有了下一代。"

"恭喜你，有了孙子了。"

"南京怎么样？"

"南京变化太大了，简直变得我不认识啊。从前，北平到上海的火车，经过南京时，在浦口和下关间，江面是火车轮渡，非常慢。解放后，修建南京长江大桥，太方便、太快捷了。城内高楼耸立，繁华。最主要的，人们朝气蓬勃。值得一提的是南京长江大桥，完全不依靠任何外国援助，中国人自己自力更生建成的，这是了不起的成就。"

汉青说："我这次探亲，所见所闻，连做梦都没有想到。武汉长江大桥，建在龟蛇两山之间的江面上，铁路、公路两用桥，是第一座铁桥。是在当时苏联专家指导下建成的。长江大桥连接武昌和汉阳，再通过汉阳和汉口之间的江汉铁桥，武汉三镇全部连起来。这座铁桥的建成，将载入中华民族史册。还有，黄鹤楼是新建的，雄伟壮观。同时建成黄鹤楼公园，供人游览。长江中再也看不到外国军舰的踪影，中国人民真正站起来了。这是中国人民的尊严。我和挚友祥安夫妇以及侄女健侬等一道参观宜昌的葛洲坝水利工程枢纽。它横跨长江两岸，规模巨大，气势宏伟。滔滔江水在此被截流，被驯服。大坝上游看上去如同湖泊那样，'高峡出平湖'，湖光山色，美不胜收。它的电力输出到附近的省市，是发展工业的基础。防止洪水泛滥，保障下游大城市不会市区淹没。给航运带来安全。因水位高了，礁石险滩，沉入水中。船过闸时，靠开闭闸门来控制。我亲眼看到大轮船是如何过闸的。健侬专门开那个介绍信，允许我们参观地下的水轮发电机运行。庞然大物，高速运行。仔细想来。不仅令人无限兴奋，机会也难得。根据规划，在宜昌上游三斗坪处，也就是秭归的'屈原故里'，新建更大的三峡大坝。"随后，汉青拿出武汉长江大桥、葛洲坝的照片，给苏先生夫妇看，共同惊叹和羡慕大陆的建设规模。作为中国人，绝对是发自内心的喜悦和钦佩。

冠雄感叹地说："内战结束，时光已过去 40 余年。烽烟散尽，两岸炮击互轰，也都叫停了 20 多年。两岸的领导人，蒋介石先生和毛泽东先生，都已过世。事过境迁，我们都是炎黄子孙。中华儿女，应该以开放的胸怀，共商统一大业。"

汉青说："冠雄的高见，我完全同意。"

希云说："今夜大家推心置腹，侃侃而谈。时间不早了。大家该休息了。"

汉青、希云起身送走客人。

有一天，汉青问："希云，你离开贵州后，在武汉住了很长时间吧？"

"健安农校毕业后。参加工作。后来，他结婚成家了，我就回武汉，离姐姐住处很近，经常谈谈心、看看电影、逛逛公园，生活费由三个侄儿女共同负担。衣食基本无忧。"

刘瑛才回九江探亲后，来汉青家寒暄自己的感受。刘先生身高 1.7 米左右，偏瘦，说话时常常带点九江口音。

汉青问："刘先生，你这次回去，九江那边好吗？"

瑛才说："九江变化真是太大了。市区增加了好几倍。如果我不问路的话，可以说就找不着家了。相隔 40 来年，父母早已过世。妻子带着曾经腹中的孩子，如今孩子已是父亲。感谢她多年的操劳。头发斑白，多年等待我归来，我深感惭愧。两人抱头痛哭，实在是辜负了她。不过，她还能原谅我，在这边也有了妻儿，事情是在极特殊的情况下造成的。我发誓余生会特别关爱她，以弥补我的过错。九江今天有九江长江大桥。解放前上庐山没有公路，达官贵人都是用轿子抬上山的。如今庐山有公路。山南公路和山北公路，交通十分方便。庐山已成为庐山风景区，变化之大，令人称奇。"

"我这次回武汉探亲，与分别几十年的妻子团聚。我们曾经去九江和庐山一游，就是从山北公路上去的。从望江亭遥望长江和九江市，真令人兴叹。在武汉，亲眼看见武汉长江大桥。往来火车，汽车，络绎不绝。江面上的轮船来往穿梭，一派繁荣景象。后来又专程参观宜昌葛洲坝水利枢纽。刘先生，你们看看武汉长江大桥和葛洲坝的照片，多了不起。"

吕念祖是汉青的同事和好友。他个头 1.66 米的样子，大眼睛、宽鼻子、凸嘴巴，典型的闽南人特征。念祖知道汉青探亲后回来了，两人的家隔得很近，就关心地来看望，一进门，念祖就喊："汉青兄，你回来啦？"

汉青说："念祖，请坐。我的太太是随后来的。她和你一样姓吕。"

念祖说："骆太太好。你辛苦啦。汉青这几十年，工作认真，待人谦和。忠诚如一。等待太太 40 年之久，真是高尚。我为两位今天能团聚，衷心祝愿。"

汉青随手将武汉长江大桥和葛洲坝的照片，给吕先生欣赏，并高兴地说："吕先生，实事胜于雄辩。"

念祖看完说："真是了不起。"

希云在 1984 年观看中央电视台春节联欢晚会，香港歌手奚秀兰演唱《阿里山的姑娘》，歌声悦耳感人，留下难忘的印象。至今，歌词记忆犹新：

> 高山青，涧水蓝，阿里山的姑娘美如水呀。阿里山的少年壮如山。高山长青，涧水长蓝，姑娘和少年永不分啊。碧水常围着青山转。

1990 年，她终于和丈夫汉青团聚，当年 10 月中旬，一起去阿里山游玩。坐客运巴士。

阿里山之东，是浩瀚的太平洋。仰目西望，是辽阔的大陆，那里是可爱的家乡，令人怀念。

随后又去看日月潭。一路走来，途中樱花盛开，美丽诱人，有八重樱、富士樱和吉野樱，令人陶醉。

第二十一章　叶落萧萧故土还

"最美不过夕阳红，温馨又从容。夕阳是晚开的花，夕阳是陈年的酒，夕阳是迟到的爱，夕阳是未了的情，多少情爱化作一片夕阳红。"

这首歌写得多么朴实、真诚。老人们，深深地感受到夕阳红是多么珍贵。对分离 40 年后白首团聚的汉青、希云而言，更是万分珍贵。

汉青夫妇很喜欢电视连续剧《婉君》。该剧改编自台湾女作家琼瑶的小说《六个梦》中的第一个故事"追寻"。

小婉君是金铭演的，成人婉君是俞小凡演的，观众影响很深。主题凄凉婉转，美妙动人：

一个女孩名叫婉君

一个女孩名叫婉君

一个女孩名叫婉君

她的故事耐人追寻

小小新娘缘定三生

恍然一梦千古伤心

一个女孩名叫婉君

明眸如水绿鬓如云

千般恩爱集于一身

蓦然回首冷冷清清

(一个女孩名叫婉君)

一个女孩名叫婉君

一个女孩名叫婉君

一个女孩名叫婉君

一个女孩名叫婉君

冰肌如雪纤手香凝

多少欢笑多少泪痕

望穿秋水望断青春

一个女孩名叫婉君

她的故事耐人追寻

几番风雨几度飘零

流云散尽何处月明

(一个女孩名叫婉君)

一个女孩名叫婉君

一个女孩名叫婉君

(一个女孩名叫婉君)

一个女孩名叫婉君

一个女孩名叫婉君

前后 18 集，汉青年龄虽老，但记忆力很强，对妻子希云，信口谈起婉君的故事："夏婉君 8 岁时被卖到周家当冲喜的新娘、虽与伯健有夫妻之名，但婉君在和周家三兄弟相处过程中，渐对仲康产生好感。宋家是周家的世交，宋家有意将女儿兰萱许给仲康，仲康自己极为反对，但在家人的逼迫下，同意了婚事。而事后仲康发现自己深爱着婉君，于是毅然退婚，并当众向婉君表明心意。而叔豪也表示同样深爱婉君，这使婉君极为难堪。仲康在朋友的帮助下要和婉君私奔，婉君不想伤害其他人，没同意。周家父母要婉君挑一个成亲，婉君决定一死了之，但被叔豪救起。伯健、仲康先后离家，不愿再逼婉君。仲康在抗议帝国宝义侵略的行动中身受枪伤，幸得尚琪细心照料才得以复原，于是仲康决定取尚琪为妻。喜讯传回家，周家决定让婉君和叔豪成亲。叔豪就认为这样对不起哥哥，也离家出走。由于三兄弟先后离开，周家迁怒于婉君而把她赶出周家。婉君和嫣红回到娘家后，遭舅母百般虐待。表哥欲强奸婉君，嫣红挺身救主，被糟蹋。婉君和嫣红逃出娘家，主仆两人相依为命，在外面卖鞋为生。时隔年余，仲康终于回到家中。最后在仲康的百般请求下，婉君答应到周家团聚。叔豪也来信说娶了湖南的苗家少女为妻。周母担心嫣红带着孩子拖累婉君，要舅母家来提亲。反而逼得婉君和嫣红悄然离开周家，并在江南与伯健意外重聚。"

希云听后也同样为婉君而叹息。

希云从电视里听熟了好几首台湾歌手邓丽君的歌。最爱听她的五首歌，有兴趣时，自己在家低声吟唱。

《月亮代表我的心》：

> 你问我爱你有多深，我爱你有几分，我的情也真，我的爱也真，月亮代表我的心。你问我爱你有多深，我爱你有几分，我的情不移，我的爱不变，月亮代表我的心。轻轻的一个吻，已经打动我的心，深深的一段情，教我思念到如今。你问我爱你有多深，我爱你有几分，你去想一想，你去看一看，月亮代表我的心。

《甜蜜蜜》：

　　甜蜜蜜，你笑得甜蜜蜜，好像花儿开在春风里，开在春风里。在哪里，在哪里见过你，你的笑容这样熟悉。我一时想不起。啊！在梦里，梦里梦里见过你，甜蜜笑得多甜蜜！是你，是你，梦见的就是你。在哪里，在哪里见过你，你的笑容这样熟悉，我一时想不起。

《小城故事》：

　　小城故事多，充满喜和乐。若是你到小城来，收获特别多。看似一幅画，听像一首歌，人生境界真善美，这里已包括。谈的谈，说的说，小城故事真不错。请你的朋友一起来，小城来做客。

《千言万语》：

　　不知道为了什么？忧愁它围绕着我，我每天都在祈祷，快赶走爱的寂寞。那天起，你对我说，永远的爱着我，千言和万语随浮云掠过。不知道为了什么，忧愁它围绕着我，我每天都在祈祷，快赶走爱的寂寞。

《何日君再来》：

　　好花不常开，好景不常在。愁堆解笑眉，泪洒相思带。今宵离别后，何日君再来？喝完了这杯，请进点小菜，人生难得几回醉，不欢更何待？来来来，喝完这杯再说吧，今宵离别后，何日君再来。停唱阳关叠，重敬白玉杯。殷勤频致语，牢牢抚君怀。今宵离别后，何日君再来。喝完了这杯，请进点小菜，人生难得几回醉，不欢更何待？来来来，再喝一杯，干了吧，今宵离别后，何日君再来。

汉青、希云看了电影《妈妈再爱我一次》，主题曲是：

世上只有妈妈好，有妈的孩子像个宝。投进妈妈的怀抱，幸福享不了。

世上只有妈妈好，没妈的孩子像根草。离开妈妈的怀抱，幸福哪里找？

当小强幼小时，和妈妈在一起玩，唱得多天真诚挚。长大了，对着疯了的妈妈，又唱出这歌时，秋霞应了声"小强"，唤醒了记忆，把母爱升华到了最高点。

汉青和希云在古典文学方面，有共同的爱好和语言。

汉青问："希云，你知道南唐后主李煜吗？"

希云："略知一二。"

"希云呀，南唐后主——李煜，唐元宗李景第六子，末代君主，兵败降宋，被俘至东京，授右千牛卫上将军，最后死于东京。精书法、工绘画、通音律、诗文均有一定造就，尤以词的成就最高。写有《相见欢》《破阵子》等。"

最近汉青、希云接到姨侄们的回信，称照片收到了。日月潭、阿里山，太美了，他们盼望有那么一天能到台湾去观光旅游。健侬回信中告知三峡大坝于1994年12月动工修建，计划于2006年建成，希望二老将来再回来看看。

姨父母回信说，很高兴知道三峡大坝已经开工了。将来建成的时候，一定回来看看。

健侬对姨父母的愿望，始终铭记在心。

汉青、希云的身体情况，还是不错的。几十年来，汉青从来没有得过大病，也从来没有住过医院，只是血压有点儿高，一直吃降压药，血压稳定，年岁大了，听力下降，佩戴助听器，其他都正常。希云的健康情况还要好些，从来没住过医院，血压正常，听力也好，最大的遗憾是无儿无女，老天爷似乎不太公平。

汉青突然感到胸口有点儿不太舒服，休息了片刻，觉得好了，一切如常。汉青喝了口清香的绿茶，开口说："希云，我90多岁了，算得上是老翁！一路走来不容易。如果哪天我走了，有四点愿望，望你能实现。一、把骨灰送回家乡，安葬在父母墓的侧边，永远陪伴着。二、愿我们两人的骨灰，安葬在一起，永远相伴。可叹我们在人生的漫长岁月里，聚少离多。三、三峡大坝建成，你和健安、健侬和健仁扫墓时，禀告我一声。四、两岸统一了，叫亲人来扫墓时，告慰我在天之灵。古诗云，'家祭无忘告乃翁'。希云呀，拜托了！"

希云含泪点头。春去秋来，一天，汉青又犯病了。临床表现为气促、心悸和全身乏力，遂入医院治疗，病情略有好转。其间，增辉、瑛才、冠雄和念祖等好友前来探望。汉青在病床上微笑说："谢谢，好些了。"

过了些时日，病情突然加重，经抢救无效，终于走完人生最后一程。

丈夫过世后，希云形单影只。增辉、念祖等好友前来慰问。

过了头七，希云计划踏上回大陆的行程，实现丈夫的意愿。希云在朋友的帮助下，乘机转赴武汉，飞回大陆。

那是1998年9月，希云捧着丈夫的骨灰盒，平安地回到武汉，叶落萧萧故土还。

希云租了一套房子，住在二楼的二室一厅。住屋窗户朝南，阳光充足，环境舒适。它离侄女健侬所住的大学教工宿舍比较近。另请了一位张姓保姆护理。人称张嫂。

希云平时生活，井井有条，看看书，看看电视剧，和前来看望的亲友聊聊天，怡然自得。

有时听听周璇、龚秋霞唱的歌。人老了，大多有怀旧之情。

电视连续剧喜欢看《宰相刘罗锅》《雍正王朝》《围城》等等。

《围城》是根据钱锺书先生的同名小说拍摄的。导演黄蜀芹先生，把小说的幽默、机灵、感伤，完全转为活生生的人物群像。城里城外、世界沉浮，令人不胜唏嘘。尤其是感人的是，黄蜀芹先生在选看外景时，遭遇意外车祸，右小腿粉粹性骨折，《围城》是她坐在轮椅中拍成的。这种对事业的执着精神，值得人们永远学习。

希云从《围城》故事中，体会到人生百态，颇有感触。

春节，是一年中最重要的节日。保姆张嫂照例回家和亲人团聚。健侬接姨妈来家欢度春节。

中央电视台春节联欢晚会，几乎每年，他们都看完全部节目，难忘今宵，零点钟声响了。又是一年的开始。展望未来，满怀信心，人们相信一年将比一年强。

健安从贵州寄来天麻，健侬买了桂元肉，健仁从南漳寄来香菇，这些对老人的补益都是有很好效果的。

阳春二月，天气晴朗，日暖风和，健侬夫妇陪同姨母游览武汉东湖楚城名胜。

在楚城边的绿道上，姨母坐在轮椅上，由张嫂推着前行。

张嫂说："老人家，听说你去过台湾？"

希云回忆着，慢慢地闲谈："那是从前的事，想当初，在巴东度过了艰苦的岁月。胜利后，回到武汉。

"接着，因国内战争，武汉解放前夕，我们去了广州。丈夫因票难买，时间又紧迫只身去了台湾。从此，音信全无，死活不知。我多年来给丈夫烧纸钱，以示怀念。

"后来，台湾方面允许探亲，我登寻人启事，终于找到了，抚今思昔，皓首相逢，终生相伴，时不我待。老伴过世了，我带着骨灰飞回大陆。回顾人生，真是一场梦。"东湖的湖光山色，荡漾清波，风景迷人。

在一个春光明媚、春风和煦的日子，健侬买了老人爱吃的糕点，来和姨妈促膝谈心，说："姨妈，想起了许多有趣的往事，当时十四年抗日的岁月，妈妈生我时，深夜没有接生婆，是你把我接来人间的！童年时随姨父去钓鱼，我爱动，姨父钓了半天，一条鱼也没有钓到，笑着说是我把鱼儿吓跑了，多有趣。那真难忘呀！飞驰的光阴，一转眼就几十年了。你现在已是奶奶了，我姨妈怎么不老呀！我少年时候，喜欢唱歌，你又教我唱

《天上人间》①，至今我记忆犹新。"

她随口说出这首歌的歌词：

　　　　树上小鸟啼，江畔帆影移，
　　　　片片云霞，停留在天空里。
　　　　阵阵薰风，轻轻吹过，稻如波涛柳如线。
　　　　摇东倒西，吓得麻雀儿也不敢往下飞。
　　　　美景如画映眼前，这里是天上人间。

　　　　青蛙鸣草地，溪水清见底，
　　　　双双蝴蝶，飞舞在花丛里。
　　　　处处花开，朵朵花香，
　　　　兰如白云桃如胭。
　　　　你娇我艳，羞得金鱼儿也不敢出水面。
　　　　万紫千红映眼前，这里是天上人间。

"歌真好呀！词写得好，曲子非常好听，至今也不会忘记。那两句，吓得麻雀儿也不敢往下飞和羞得金鱼儿也不敢出水面，描写入神！"

"姨妈说得太好了。至今我还会吟唱。"

"姨妈，告诉你一个好消息，长江三峡大坝已经建成并投入使用了。"

姨妈说："健侬，那太令人高兴了。你姨父在世的时候，一直关注大坝的建成。"

一天，希云和保姆张嫂坐在小客厅观看中央电视台戏剧节目，京剧《四郎探母》。一会儿，希云说："张嫂，我胸口痛，很难过。"

张嫂一看，老人家情况很差，忙呼叫急救车，张嫂也跟车去医院了。急诊室主任大夫经过一番紧张救治，老人终因年龄过大，救治无效，不幸去世。

---

① 词：杨彦歧；曲：姚敏。原唱：李丽华。

健侬夫妇也赶到医院，深为悲伤，失去了最后一位长辈。姨母是安详离世的。那是 2006 年 10 月。健侬将此噩耗电告姨母在蕲州的侄儿、贵州安顺的哥哥和湖北南漳的弟弟。次日，他们都赶到武汉了，在殡仪馆举行了简短的告别仪式。大家都低头目送亲人的最后一程。

湖北的公路交通，突飞猛进。从前是大客轮从汉口到武穴，然后再转乘汉九班小客轮到蕲州。今天，是直接的武黄高速。开车奉送汉青和希云二老的骨灰回归故土。

按老人生前的遗愿，安葬在父母墓的侧边，这是家乡的传统。

青山常在，绿草长茵，风扫地，月为灯，亲人缓步向前行。

人间勿复烽烟起，相伴待来生。